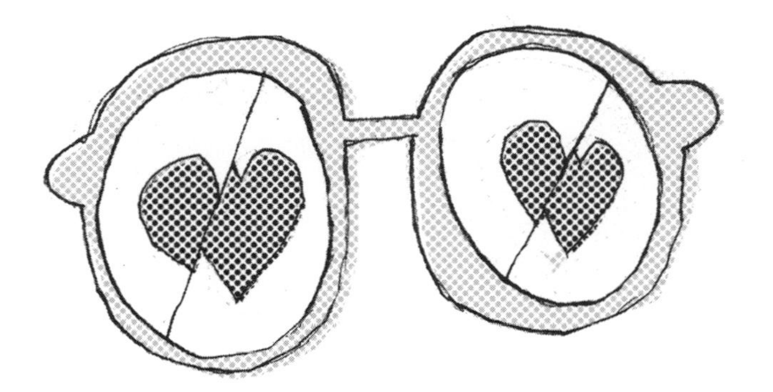

MI TÍO PACHUNGA

José Ignacio Valenzuela

Ilustraciones de
Patricio Betteo

ALFAGUARA

Mi tío Pachunga

Primera edición: octubre, 2018

www.megustaleer.mx

Ramón Navarro y Patricia Pérez Ramírez, por el diseño de interiores
Diego Medrano, por el diseño de cubierta

ISBN: 978-607-316-603-4

Impreso en México – *Printed in Mexico*

El papel utilizado para la impresión de este libro ha sido fabricado a partir de madera procedente de bosques y plantaciones gestionadas con los más altos estándares ambientales, garantizando una explotación de los recursos sostenible con el medio ambiente y beneficiosa para las personas.

Para Eva, por ser la mejor
inventora de palabras del mundo.

"Sé tú mismo,

los demás puestos ya están ocupados."

Oscar Wilde

Cap. 1

¡PACHUNGA! —exclamó mi tío cuando me vio aparecer, sin aviso alguno, en la puerta de su casa.

Otro tío, cualquiera que no fuera el mío, hubiera preguntado con sorpresa: "¿Qué haces aquí?" O quizás habría exclamado con sincera alegría: "¡Qué gusto de verte, sobrina!" O, en el último de los casos, habría esbozado al menos una sonrisa y, con un gesto de su mano, me habría hecho entrar a la casa para ayudarme a escapar del calor de ese verano que apenas comenzaba. Claro, otro tío hubiera hecho todo eso. El suyo, probablemente. Pero el mío no. Se quedó mirándome en silencio, abrazado a su enorme gato blanco que, tan serio como él, ronroneaba un monótono *prrr prrr prrr* contra su pecho. Luego de unos instantes, arrastró sus enormes anteojos de marco amarillo hacia el punto más alto de su nariz y, con un gesto que no supe si era de molestia o de resignación, señaló con un dedo la maleta que yo sostenía en una de mis manos.

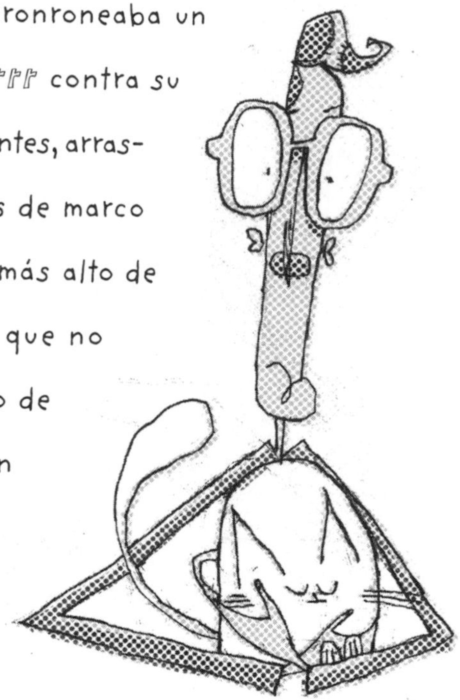

—¿Te vas de viaje, niña? —preguntó.

Negué con la cabeza y aguanté las lágrimas. ¿Cómo se le dice a un tío que no desea recibirte en su casa, que estás obligada, por razones que más adelante les voy a contar, a pasar con él **todas tus vacaciones** y que por más que quieras ya no puedes regresar con tus papás?

Mmmmmm.

—Bueno, por lo visto éste va a ser un verano totalmente pachunga —sentenció sin mucho entusiasmo cuando le expliqué qué hacía ahí.

—¿Y eso qué significa? —pregunté mientras subía mi maleta a la cama del cuarto de huéspedes.

Mi tío Nino, por toda respuesta, se alzó de hombros, dejó con infinita delicadeza al gato Adonis en el suelo y comenzó a guardar mi ropa dentro del clóset.

Por más que hice el intento, en aquellos días no pude descubrir con exactitud el origen de la palabra **pachunga**. Supe después su verdadero significado, cuando mi tío decidió abrir su alma y me reveló, sin que yo se lo pidiera, todo lo que escondía muy oculto en su corazón. Pero al inicio de mis vacaciones, me tuve que conformar sólo con la mentira que él mismo me dijo para evitar que siguiera interrogándolo hora tras hora: que inventó esa palabra en medio de un sueño y, sin saber por qué, despertó en mitad de la noche gritándola a todo pulmón.

A gritos, sí. Porque mi tío es así: cuando algo le gusta, sube el tono de voz y termina aullando de puro entusiasmo y **felicidad**. Por el contrario, si algo le desagrada, también te deja saber al máximo volumen que está molesto y que nada en el mundo podrá hacerlo cambiar de idea. Quizá por eso mis padres no tienen tanta comunicación con él. Porque si no tienes paciencia, puedes terminar un poco mareado y con dolor de cabeza por culpa de tanto grito.

Y mis papás no tienen nada de paciencia. Ni entre ellos ni conmigo ni con las mascotas.

Por eso estoy segura de que algo tiene que haber sucedido entre mi papá y mi tío antes de que yo naciera, porque desde que los conozco sé que ellos no se hablan. En las pocas ocasiones en que mi tío Nino llamaba a mi mamá para saber de ella y de mí, yo escuchaba a mi papá que se alejaba por el pasillo repitiendo: "Pachunga, pachunga, pachunga", con un tono de voz que no me gustaba, porque se parecía demasiado al de las burlas y ofensas que mis compañeros de curso le lanzaban a Lalito Finol, el más sabelotodo y el mejor alumno del colegio, pero el más malo para los deportes y los juegos.

—¡Listo! —dijo y me señaló el interior del clóset—. Estás advertida, muchachita: no quiero nada fuera de lugar. ¿Está claro?

Con sorpresa vi que en menos de un minuto había acomodado mi ropa en las repisas del clóset en **perfecta armonía**. Las camisetas estaban meticulosamente dobladas y organizadas por colores: primero las blancas, luego las amarillas, las naranjas, las rojas y las azules hasta terminar con las negras. Colgó mis jeans según el tamaño de las piernas, dejando los más cortos adelante y los más largos atrás, para que así pudieran verse todos al mismo tiempo y de un solo vistazo. Y, por último, distribuyó mis zapatos en una perfecta y recta hilera y los ordenó según su utilidad dentro de mis actividades diarias.

—Si quieres hacer deporte, entonces tomas un par de tenis del sector de la derecha —señaló—. Si a mediodía te da calor, entonces eliges unos del centro porque ahí están tus sandalias. Y si de noche vuelve a hacer frío, vas directo al extremo izquierdo y sacas unas botas. Con este sistema vas a poder vestirte incluso con los ojos cerrados.

¡Qué distinta se veía mi ropa en el clóset de mi tío! Parecía recién salida de la tienda.

—Bueno, ¿y ahora qué hago contigo? —musitó, mirándome de arriba abajo.

Otro tío, cualquiera que no fuera el mío, habría aprovechado ese momento para hacerme sentir **menos triste**, por estar obligada a vivir en una casa que no era la mía, con un comentario del tipo: "¡La vamos a pasar tan bien juntos!", o quizás algo así como: "Al mal tiempo buena cara, sobrina". Yo, incluso, me habría conformado con un simple: "Bienvenida" y ya. Pero no. En lugar de decir eso, mi tío Nino anunció:

—Ahora, vamos a repetir juntos las **ocho reglas** de toda sana convivencia, para que así te las aprendas de memoria.

—¿Las leíste en algún libro?

—No, las inventé yo —puntualizó—. Y todos los días quito o agrego una, según lo bien o mal que haya dormido la noche anterior. Tienes suerte, Eva. Hoy sólo son ocho. Ayer eran treinta y dos.

—¿Y cuál es la primera regla?

—Hacer sólo preguntas pachungas.

Luego de pasar esos treinta días junto a mi tío y su inseparable gato, comprendí que **pachunga** podía llegar a tener varios significados. Por ejemplo, si estaba cocinando un delicioso suflé de naranjas que se hacía cada vez más esponjoso dentro del horno, y de pronto ¡plaf! todo se desinflaba como un globo hasta quedar convertido en una masa pegajosa dentro del molde, él exclamaba un rabioso ¡pachunga! de frustración. O si de pronto decidía entretenerme con un truco de magia, el cual consistía en hacer aparecer una moneda al interior de mi oreja, mi tío gritaba: "¡Pachunga!", con voz de orquesta, justo en el momento más emocionante de su acto. O cuando todas las mañanas se peinaba con esmero su copete reluciente de gel, hasta dejarlo como una inmóvil **ola marina** justo al centro de su cabeza, pronunciaba un satisfecho pachunga al darle el último toque a sus cabellos negros con el peine.

—Elige —dijo de pronto cuando bajábamos la escalera rumbo a la cocina—. ¿Galletas o helado?

—¡Helado! —grité.

—Buena elección, porque las galletas son de Adonis —asintió, y empujó una vez más el marco amarillo de sus anteojos hasta lo más alto de su nariz—. ¿Sabías que en 1660 un italiano llamado Procopio inventó una máquina que mezcló hielo, frutas y azúcar, y que se cree que fue el origen de lo que hoy conocemos como **helado**?

No, claro que no lo sabía. Porque cuando tienes diez años y casi no ves a tus padres, sabes muy pocas cosas. Pero si tienes la fortuna, como yo, de descubrir un día cualquiera que tienes un tío que no sólo inventa palabras, sino que además siempre sabe la respuesta precisa para cada pregunta, entonces no te queda más remedio que reconocer que tal vez, sólo tal vez, tu suerte está empezando a cambiar.

Y si hoy estoy aquí, sentada en este lugar donde tan pocos hombres han llegado, **mirando el universo** desde la escotilla redonda de una nave espacial, es gracias a mi tío Nino y todo lo que él me enseñó durante ese largo verano justo antes de desaparecer. Sí, porque un día desapareció y... ¡pachunga!..., nunca más se supo de él. Pero no se preocupen, que todo lo que les voy a contar sucedió antes, pero mucho antes, de que llegara su último día en mi vida.

¿Están listos para seguir escuchando?

Cap. 2

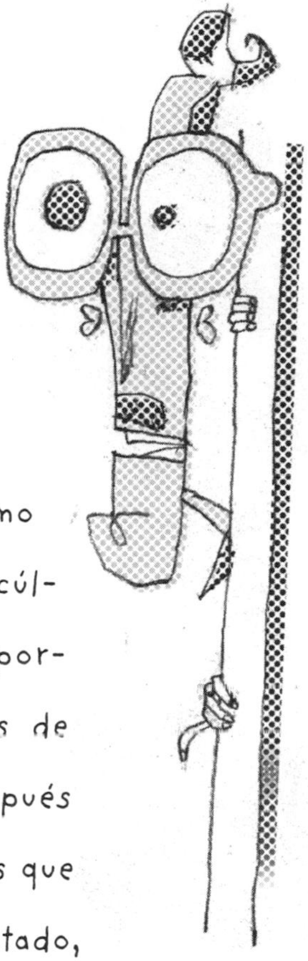

¿Ya les dije que me llamo Eva? ¿No? Pues discúlpenme. Eso me pasa porque empiezo a hablar antes de saber qué voy a decir y después me entretengo contando cosas que a lo mejor nadie me ha preguntado, y así pasan las horas y de pronto, como ahora, me doy cuenta de que estoy diciendo algo que no sé por qué lo estoy diciendo.

Volviendo al punto, soy Eva. Como ya les dije, tengo más años de los que quisiera, disfruto mucho pasar tiempo sola, mi palabra favorita es **dirivoco** y soy astrofísica de profesión. ¿Que qué significan las palabras "dirivoco" y "astrofísica"? Dirivoco..., bueno, después les explico. No, no se impacienten, todo a su tiempo. Ya sabrán qué quiere decir y por qué me gusta tanto. Por ahora, sólo les contaré que astrofísica es la profesión que estudia las propiedades y fenómenos del universo y los cuerpos estelares. Sí, parece complicado a primera vista pero es más divertido y mágico de lo que suena.

Fue gracias a mi tío Nino que descubrí mi admiración por el espacio, los planetas, los asteroides, las galaxias y la Vía Láctea. Antes de vivir con él, no sabía bien a qué me quería dedicar cuando fuera adulta. Había días en los que despertaba queriendo ser arqueóloga para poder descubrir una civilización completa en algún desierto del mundo; otros, quería ser astronauta para flotar en el universo y tripular naves espaciales, y algunos más, tenía ganas de inventar la receta de un pan exclusivo al que nadie, nadie, ni siquiera mi mamá que siempre estaba a dieta, pudiera resistirse.

La primera noche que pasé en su casa, me acababa de meter entre las sábanas, que olían a lavanda, cuando lo oí cantar a voz en cuello en su cuarto. Repitió una y otra vez la misma canción que, a causa de la puerta cerrada, no alcancé a entender muy bien. *Eso sí:* lo escuché aplaudir siguiendo el **ritmo de la música** y hasta dar un par de pasos de baile sobre el suelo de madera. Al cabo de unos minutos, todo quedó en silencio. Noté que ahora esos mismos pasos bailarines se acercaban hacia mi recámara. A los pocos segundos vi asomarse su cabeza y la del gato desde el otro lado de la puerta. Mi tío iba vestido con una piyama azul de una tela similar al terciopelo, que tenía el dibujo de un león sobre el pecho. La melena del animal estaba hecha de hebras de lana. Entonces, cada vez que mi tío daba un paso, el león parecía cobrar vida y se movía junto con él.

Nunca había envidiado tanto una piyama ajena.

—¿Estás bien? —preguntó.

Asentí desde la cama. Él, en lugar de irse a dormir como esperaba que hiciera, entró con Adonis y se sentó a mi lado. Porque mi tío Nino es así: cuando crees que va a hacer algo, te sorprende haciendo exactamente lo opuesto. Por ejemplo, una mañana piensas que no es muy cariñoso con su mascota porque pasa a su lado sin siquiera saludarla, pero esa misma tarde lo sorprendes improvisando unos complicados pasos de baile, vestido de alta gala, bastón y **zapatos de charol**, para entretener al gato que ni siquiera se da el trabajo de abrir los ojos y mirarlo.

—¿Quieres que hablemos de lo que está pasando en tu casa?

Yo encogí los hombros porque no supe bien qué responder. Mi corazón tenía ganas de contarle todo lo que había estado viviendo las últimas semanas, pero mi cerebro me aconsejó ser prudente y no hablar más de la cuenta.

Porque eso pasa cuando tienes diez años: piensas muchas cosas al mismo tiempo y al final no sabes bien qué decir.

Con el corazón haciéndome pum pum pum dentro del pecho y las lágrimas a punto de caer por mis mejillas plim plim plim, le expliqué que mis padres habían decidido divorciarse y que, por esa razón, yo estaba obligada a pasar todo el verano con él.

—Van a irse juntos de viaje, a ver si así consiguen solucionar sus problemas —repetí de memoria lo que había oído en casa la semana anterior—. Y la única persona que puede cuidarme eres tú.

—Lo primero que tienes que saber, Eva, es que nunca vas a estar sola —asintió, y el león de la piyama asintió con él—. Si tus padres deciden separarse y seguir cada uno por su lado, muchas cosas van a cambiar, excepto **el amor** que sienten por ti.

—¿Pero con quién voy a vivir? —pregunté con angustia.

—Eso ya se verá cuando llegue el día —dijo, y me pasó un pañuelo para que me sonara—. Pero por ahora tienes que **ser valiente**. Se necesita mucho coraje para convertirse en lo que realmente eres.

Debe de haberse dado cuenta de que no entendí lo que quiso decir. Por eso agregó casi de inmediato, para cambiar el tema:

—Y dime, ¿qué quieres ser cuando seas grande?

Cuando le comenté lo indecisa y llena de dudas que estaba con respecto a **mi futuro**, él se llevó dramáticamente una mano al pecho, como si quisiera taparle los ojos al león para evitarle así el bochorno de estar frente a alguien tan poco inteligente, como yo.

—¡PACHUNGA! —gritó con tanta alarma que Adonis saltó como una bola de merengue al suelo y salió corriendo fuera del cuarto—. Esto es grave. ¿Qué edad tienes?

—Diez años.

—A los diez años, yo ya sabía exactamente qué quería ser **cuando fuera grande** —puntualizó.

—¿Y a qué te dedicas?

—¡A hacer de esta vida un lugar más hermoso!

No supe bien cómo se hacía exactamente eso, pero me pareció importante que existiera alguien cuya profesión fuera mejorar el mundo. Tal vez por eso, por su deseo de hacer más bellas las cosas, mi tío **Nino era como era**. ¿Que cómo era? Verán, me cuesta describirlo porque era muchas cosas al mismo tiempo. Empecemos por su cuerpo: ni muy alto ni muy bajo. Lo justo para parecer un adulto que se comió toda la comida de niño y creció lo que debía crecer. Su piel era muy blanca, tan blanca que a veces se le podían ver las venas de los brazos y el cuello. Llevaba las uñas perfectamente cortadas, siempre impecables y pulidas, mucho más que las mías o las de mi mamá. Cuando le pregunté que cómo conseguía tener esas uñas tan bien cuidadas, su respuesta fue:

—Genética.

Yo asumí que, ante esa palabra tan importante y que a mis diez años me sonó enorme y poderosa, sólo podía sentir admiración por esas uñas que además de perfectas eran genéticas y que conseguían **hipnotizarme** cuando mi tío movía las manos al intentar explicarme algo.

—O sea, no sabes si quieres ser arqueóloga, panadera o astrofísica —resumió luego de soportar mi larga explicación—. Muy bien. Éste es un desafío que vamos a resolver juntos.

Acercó una de sus manos de uñas perfectas a mis cabellos y me acarició la cabeza una y otra vez. *Tras tras tras*. Pude oler su loción hecha por él mismo, en ella se mezclaban al mismo tiempo el aroma a madera de un bosque húmedo, con naranjas recién exprimidas y un mordisco de chocolate con almendras. Me imaginé que antes de que yo llegara, durante esas largas noches donde no había nadie durmiendo en su cuarto de huéspedes, mi tío Nino no tenía más remedio que practicar en silencio esas caricias que tan bien le quedaban, por si algún día la vida le regalaba un hijo. Sé que están pensando que una sobrina no es lo mismo que una hija, pero por lo menos tenía una cabeza de verdad que acariciar.

—No te preocupes, Eva, yo te voy a ayudar a elegir qué estudiar cuando seas grande —dijo, y por primera vez sonrió con entusiasmo.

Y junto con él sonreí yo: mi primera sonrisa en varios días.

Ése parecía ser un buen comienzo, ¿no?

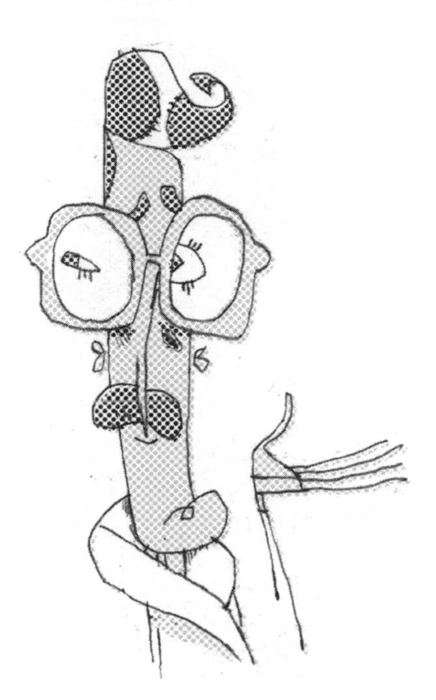

Cap. 3

—Vamos a ver cuánto sabes sobre las cosas **importantes de la vida**, niña —me dijo durante el desayuno—. ¿Puedes enumerar todos los tonos de rojo que existen sin equivocarte ni repetir ninguno?

¡¿Eh?!

—A juzgar por tu cara, no tienes idea de lo que estoy hablando, ¿cierto? Para que lo recuerdes, el **color rojo** tiene casi treinta tonos distintos: almagre, bermejo, bermellón, cardenal, carmesí, carmín, cereza... —detalló casi sin respirar. Inhaló profundo y continuó— ... Grana, escarlata, frambuesa, gules, rubí, tomate y vino tinto, sólo por nombrarte algunos.

Antes de que tuviera tiempo de reponerme de aquella avalancha de información, que aún no lograba comprender que pudiera llegar a ser importante para alguien, prosiguió sin siquiera hacer una pausa:

—Y si mañana decido usar mis pantalones verdes, ¿qué camisa debo elegir?

Volví a dejar a mitad de camino el pan tostado con queso que comía con entusiasmo y lo miré sin terminar de entender la pregunta.

—Una camisa azul celeste —sentenció antes de dejarme hablar—, porque así el verde se ve más celestial, y el azul celeste más selvático. En eso consiste la **belleza**, niña —agregó—. En buscar siempre que las cosas se vean distintas de lo que son. ¡Que nada parezca realmente lo que es, sino algo mucho mejor!

Tuve la certeza de que yo, que me vestía con la primera playera que encontraba y con los mismos jeans durante varias semanas, estaba cometiendo un profundo error con mi vestuario y que debía prestar más atención a los consejos de mi tío Nino. Porque sólo alguien muy sabio y experto podía usar unos enormes anteojos de marco amarillo, sin que se le vieran extraños o causaran risa a su alrededor. Muy por el contrario, en él esos anteojos se veían únicos, tanto que yo misma quería tener unos cuando fuera un poco más grande y mi nariz pudiera sostenerlos.

Entre paréntesis, les aviso que fracasé en mi intento. Cuando cumplí veinte años, me compré unos anteojos **idénticos**, me los puse llena de emoción frente al espejo y... ¡pfff! Me veía como la hija de un payaso a la que sólo le faltaba una peluca de rizos, la redonda nariz roja y el resto del traje multicolor.

—Tienes suerte, muchachita, porque los jueves me gusta contestar preguntas de **niñas preguntonas** —dijo, cruzando muy despacio una pierna por encima de la otra—. Y tú pareces tener muchas inquietudes en la cabeza.

—Y justo hoy es jueves —me sorprendí.

—¡Vaya, qué casualidad! —comentó con fingido asombro—. Es increíble. Bueno. En sus marcas, listos..., ¡ya!

—¿Cuánto tiempo vive un murciélago?

—Más o menos quince años.

—¿Por qué cruzamos los dedos para atraer a la suerte?

—Porque así simulamos la forma de una cruz, que deseamos que nos proteja del mal.

—¿Cuándo se instaló el primer semáforo?

—En 1868.

—¿Por qué los buceadores se lanzan siempre de espaldas desde el bote?

—Para que no se les salga la mascarilla del oxígeno con el golpe del agua.

—¿Hay alguna moto que tenga reversa?

—Sí, sólo algunas, pero es muy poco común.

—¿Quién es tu mejor amiga?

—Gloria Gaynor.

—¿Y quién es ella? —quise saber—. ¿Una compañera de colegio?

—¡Ojalá! Una cantante muy famosa que siempre he querido conocer.

—¿Es suya la canción que cantas todas las noches encerrado en tu cuarto?

—Vaya, ahora resulta que eres una espía. ¡Otra pregunta!

—Bueno, bueno, ¿de dónde viene el cuento de que las cigüeñas traen a los bebés?

—¿Y a ti quién te dijo que eso es un cuento? —dijo con su mejor cara de falsa seriedad—. Yo vi **con mis propios ojos** cuando una enorme cigüeña te dejó en el jardín de tu casa frente a tus emocionados padres.

Nunca descubrí el secreto de cómo mi tío logró hacer de sí mismo algo mucho más atractivo de lo que realmente era. Pero bueno, por algo siempre me dijo que su única obsesión era **embellecer el mundo**. Me imagino que ésa fue la única razón por la cual siempre me respondió con una mentira cada vez que le hice la pregunta de la cigüeña. Porque la realidad era muy distinta y no tenía nada de bonito: él casi no tenía contacto con mis padres, a quienes de seguro consideraba las personas menos pachungas de todo el planeta, así es que difícilmente podía haber estado con ellos el día de mi nacimiento.

Tal vez por estar demasiado ocupado en ayudar a los demás, mi tío Nino se olvidó de sí mismo. Porque nunca tuvo hijos. Ni esposa. Ni siquiera novia. Vivía solo en esa enorme casa de dos pisos, a la que llegué obligada a pasar todo un verano, **sin más compañía** que el perezoso Adonis. Bueno, y sus fotografías en blanco y negro de actrices antiguas, sus libros de la infancia, un enorme clóset lleno de prendas de vestir, una infinidad de perfumes que sabía combinar para conseguir nuevos y sorprendentes aromas, y una incontrolable obsesión por coleccionar objetos que después dejaba en exhibición en los diferentes cuartos de la casa.

—¡Pachunga, un soldadito de plomo! —dijo con entusiasmo un día mientras recorríamos un mercado de antigüedades—. Me lo llevo.

—¿Y cuántos soldados tienes? —pregunté.

—Éste es el primero —sentenció con orgullo—. ¡Qué **suerte** tienes, acabas de presenciar el

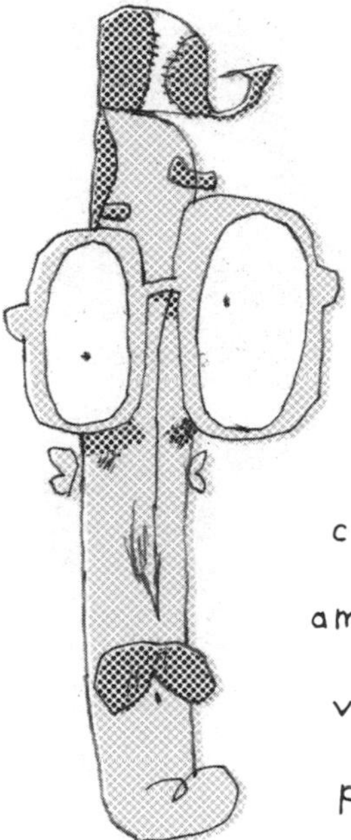

nacimiento de una nueva colección!

A veces, si soy honesta, yo sentía un poco de **envidia del cariño** con el que mi tío cuidaba sus objetos favoritos. Del amor con el que les quitaba el polvo a las figuritas de bailarinas, payasos y toreros que repletaban de lado a lado una repisa de su estudio. De la dedicación con la que lustraba sus zapatos cada noche antes de dormirse hasta dejarlos tan brillantes como la luna de Júpiter. Del infinito cuidado que ponía al alinear en perfecto orden su centenar de tacitas de porcelana china que fue comprando en cada uno de los viajes que hizo, y que tenía en exhibición dentro de un aparador especialmente iluminado.

Ahora que lo pienso, para mi tío Nino todas las cosas que hacían más bello su hogar, y su vida, eran como esos hijos que nunca tuvo. Por eso los trataba así, con especial esmero y afecto. Y tal vez por eso crecí pensando que, en el fondo, debía sentirse muy solo en esa enorme casa llena de habitaciones con eco, para haber tenido que **llenar ese vacío** con colecciones y más colecciones que, como el universo, parecían tener principio, pero no fin.

Qué ganas siento de poder abrazarlo para decirle que no estaba solo. Que me tenía a mí, Eva, su pequeña sobrina de diez años a la que le cambió el destino.

Pero ya no es posible.

¿Dónde estás, tío Nino? ¿Qué te hizo salir escapando de nuestras vidas?

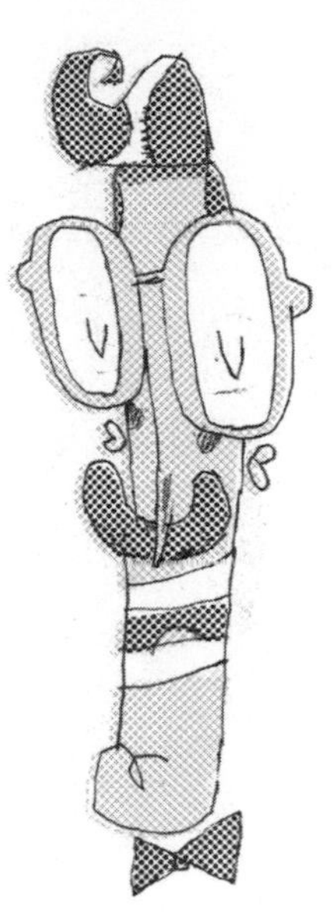

Cap. 4

—¡Sube! —la voz de mi tío Nino me llegó sin aviso desde el segundo piso de la casa.

—¿Ahora?

—¡Ahora mismo! —ordenó—. ¿Recuerdas la **regla de convivencia número 5** que te enseñé?

—Obedecer siempre al adulto de la casa o, en su defecto, al mejor vestido de todos —repetí palabra por palabra.

—Exacto. Y da la casualidad que hoy soy el más viejo y el **más elegante** de los dos —señaló—. ¡Sube!

Va a regañarme porque anoche sin querer guardé mi playera roja junto a las blancas, pensé. Sí, es eso. Debe de haber entrado a mi cuarto a revisar el clóset de arriba abajo, como hace todos los días, para indicarme lo que me quedó mal hecho, lo que hice bien y lo que aún puedo mejorar. De seguro, su ojo experto advirtió, en cuanto puso un pie en la recámara, que no cumplí con su petición de mantener a la perfección el orden de mi ropa y zapatos. Y como castigo me va a hacer recitar una a una las reglas de convivencia durante el resto de la tarde.

"Masticar siempre con la boca cerrada y no hacer ruidos de cascada al beber líquidos muy helados", fui repasando cada una de las reglas de mi tío mientras subía los peldaños. "Jamás usar calcetines que no combinen con el color del cinturón o un sombrero de media estación."

—¡Estoy en tu cuarto! —lo escuché decir apenas llegué al final de la escalera.

Bueno, ya era un hecho. No necesitaba verlo con mis propios ojos para imaginarlo junto al **clóset abierto**, las manos en la cintura y las cejas convertidas en dos serpientes cascarrabias llenas de reproche por culpa de mi mala conducta.

¡Ay!

¿Cuál era la tercera regla de convivencia? ¿"Estornudar siempre mirando **hacia el norte**, para evitar que los microbios viajen al sur" o "Cuando sea necesario cantar 'Las mañanitas', hacerlo junto a alguna ventana abierta para atraer a los colibrís que estén de cumpleaños y así alegrar a las rosas del jardín"?

Estaba en problemas. Y graves. Lo tienen claro, ¿verdad?

—¡Miau! —se oyó con toda intensidad.

Por lo visto, Adonis también iba a formar parte del sermón que me aguardaba. "Saludar a Adonis todas las mañanas con una ligera reverencia de cuello, para así honrar a su estirpe de gatos monárquicos" era una de las **nuevas reglas** que mi tío Nino había añadido el día anterior al cambiante listado. La repetí dos veces más pa-

ra ver si así no olvidaba ninguna palabra, sobre todo las complicadas **estirpe** y **monárquicos**, que no sabía muy bien qué querían decir, pero que sonaban valiosas y muy distinguidas.

La puerta de mi habitación estaba cerrada. Sobre ella, alguien que sólo podía ser mi tío Nino había pegado un cartel donde se leía en grandes letras rojas: "Entre bajo su propio riesgo".

—¿Qué está pasando? —pregunté sin entender.

Como no obtuve respuesta, empujé la puerta y entré. El interior de la recámara estaba en total oscuridad. Supuse que las cortinas habían sido corridas aunque, por lo visto, las ventanas debían estar cubiertas con algo más que la simple tela

entres
BADO
SU PROPIO
riesgo

porque por ahí no se filtraba ni el más delgado rayo de sol. Todo estaba negro. **Negrísimo**.

—¿Tío? —volví a preguntar.

—Bienvenida a la cripta secreta del Faraón Pachunga Tercero de Egipto —lo escuché decir con **voz de ultratumba**.

Por un instante me quedé inmóvil tratando de entender qué era lo que ocurría al interior de mi habitación. Pero no alcancé a pensar en nada que me dejara satisfecha porque, casi de inmediato, sentí que me ponían sobre la mano lo que resultó ser una pequeña linterna.

—Enciéndela —me susurraron al oído.

Clic.

El haz de luz iluminó lo que hasta esa mañana era mi recámara y que ahora se había convertido en algo más parecido a una cueva llena de sombras y olor a incienso. Varias capas de alfombras hacían del suelo una superficie esponjosa e irregular, por la que no se podía avanzar muy bien. Alcancé a ver en una esquina varios baúles apilados unos sobre otros, como si fueran parte del cargamento de un explorador. Al centro del lugar, y a pesar de la neblina que me empañaba la vista e impedía que pudiera distinguir las cosas con claridad, me topé con una enorme caja de madera sobre la que dormitaba el gato blanco.

Un momento. ¿Neblina?

Fue entonces cuando escuché que, a través de la puerta entreabierta del baño, se oía el incesante ruido de la ducha. El vapor del agua caliente flotaba hacia el cuarto convertido en bruma y se me pegaba a la piel. Recordé la regla de convivencia número 11: "Jamás salir a la calle sin gel en el pelo o, en el peor de los casos, dos trenzas que disimulen un mal día capilar". Con tanta humedad, mi cabello iba a quedar como un desordenado plumero que me iba a tomar días desenredar.

—Cuando los intrusos ingresaron a la tumba del **Faraón Pachunga Tercero**, lo primero que llamó su atención fue lo espeso que resultaba respirar ese aire y el calor que reinaba entre esos muros —continuó la voz en medio de la negrura.

Sí, eso era cierto. Sentí varias gotas de sudor jugar a las carreras por mi espalda.

—En el antiguo Egipto, los gatos eran considerados **animales sagrados**. Por eso, cuando un faraón moría, lo enterraban junto a su felino favorito para que se hicieran compañía por toda la eternidad.

Gracias a la luz de la linterna pude ver a Adonis que se sentó sobre sus patas traseras. Sus ojos amarillos refulgieron como dos estrellas en medio de la oscuridad.

—A la cuenta de tres, vas a convertirte en la arqueóloga Ofelia Montgomery —susurró la voz.

—¿Y ésa quién es?

—¡Tú, a partir de ahora! —me regañó por interrumpirlo—. ¿Estás lista para viajar al **día más importante de toda tu vida**?

—Sí —respondí.

—Pues aquí vamos. Tres... dos... uno...

¡PACHUNGA!

El pachunga hizo temblar la casa, o al menos eso me pareció, y me obligó a cerrar los ojos. Cuando los abrí, estaba de pie frente a la puerta de una vieja construcción de piedras, medio enterrada en la ladera de un montículo de arena. Bajé con cuidado los irregulares peldaños de una escalera que se adentraba en las profundidades de la tierra. Atrás quedaba el desierto del Sahara, los camellos que nos habían trasladado hasta ese punto y todo mi equipo de exploración, que ya casi no podía dar un paso más a causa de la fatiga. Tomé una de las antorchas del muro y, con ella en una mano, seguí adentrándome en ese **pasadizo de sombras** y aire cada vez más caliente. Escuché el lejano maullido de un felino. Ahí estaba la prueba que yo, la famosa exploradora Ofelia Montgomery, conocida y admirada en todos los rincones del planeta, llevaba meses buscando. El gato del faraón me llevaba a su encuentro. Apenas terminé de bajar la escalinata, me encontré en una habitación repleta de valiosos objetos: el fuego de la antorcha me ayudó a reconocer vasijas de oro, jarrones, joyas de piedras preciosas, estatuas, jeroglíficos pintados en los muros y, al centro del espacio, un enorme sarcófago con la cara del Faraón Pachunga Tercero pintada directamente sobre la madera, con su inconfundible copete de pelo y el marco amarillo de sus anteojos de gobernante.

¡Mi misión había tenido éxito!

—Yo, Ofelia Montgomery, he descubierto el mayor tesoro de toda la historia —exclamé en voz alta, aunque ahí no había nadie que pudiera escucharme.

Ahora sólo me quedaba levantar la tapa del sarcófago y corroborar que dentro estuviera la **momia** del faraón. Después de tantos meses de recorrer el desierto y de excavar por todas partes sin suerte alguna, tenía por fin al alcance de la mano mi mayor deseo. Me acerqué paso a pasito, con la antorcha por delante. Era cosa de empujar la cubierta hacia un costado... y ya.

—Uno... dos... tres —conté llena de entusiasmo.

Pero de pronto, a lo lejos, se oyó un fuerte **grito** que estremeció el techo:

—¡Abra la puerta ahora mismo!

En un segundo, el negro de la cripta en Egipto fue de nuevo el negro de la habitación de la casa de mi tío. El vapor de la ducha que seguía corriendo en el baño reemplazó al calor del desierto del Sahara. El enorme **sarcófago** volvió a ser una simple caja de madera cuya tapa se abrió de golpe para dejar ver a mi tío Nino, envuelto en largas tiras de papel higiénico, que alzó molesto los brazos y exclamó con voz de trueno:

—¡¿Quién osa interrumpir la resurrección de un Faraón?!

Lo vi bajar furioso la escalera, dejando a su paso un reguero de papel blanco, hasta llegar frente a la puerta principal que abrió de un sólo **manotazo**. Al otro lado estaba el vecino, un hombre gordo y con cara de tener siempre dolor de estómago, que pestañeó varias veces al encontrarse de sopetón con mi tío vestido mitad momia y mitad humano.

—¡¿Se puede saber qué tienes en la cabeza?! —bufó el intruso.

A gritos nos explicó que, **por culpa de mi tío**, ya no había agua en toda la calle. Por lo visto, haber tenido la regadera abierta durante tantas horas hizo que se consumieran todas las reservas del sector y ahora nadie podía lavarse los dientes, ni fregar los trastes, ni darles de beber a los canarios.

—¡Esas cosas no sucedían antes de que tú llegaras al barrio, mariposita! —gruñó el hombre, que se fue como un trueno.

La casa entera se quedó en silencio durante largos segundos, ya que nadie fue capaz de hablar: ni mi tío, que estaba demasiado ocupado en controlar el coraje que le hacía **bailar las venas** del cuello; ni yo, que intuí que permanecer muda era lo mejor que podía hacer; ni Adonis, que bostezaba indiferente en una esquina a punto de quedarse dormido.

—¿Por qué te dijo mariposita? —pregunté, cuando por fin me atreví a abrir la boca.

Mi tío se acomodó con toda dignidad las tiras de papel higiénico de la cabeza, levantó con orgullo el mentón e infló mucho el pecho antes de contestar:

—Porque los envidiosos llaman así a la gente que usa ropa de **muchos colores**, como yo.

Y subió apurado la escalera rumbo a su cuarto, para que yo no alcanzara a ver una lágrima de humillación que había empezado a bajar por su mejilla.

Pero cuando uno tiene diez años y ha sido exploradora en los desiertos de Egipto, puede verlo todo. Incluso eso que los adultos no quieren que descubramos y que los llena de dolor.

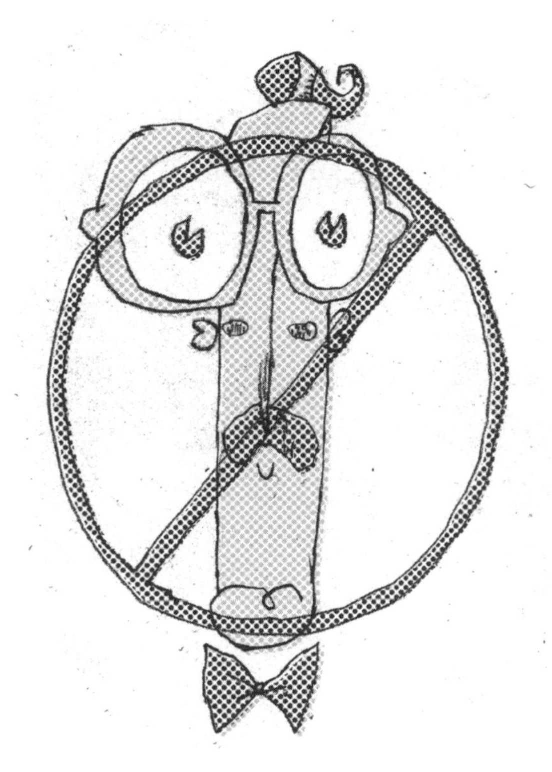

Cap. 5

Sí, a mi papá no le cae bien mi tío Nino porque nunca se casó, porque tiene juguetes en las repisas de sus muebles, porque su loción se huele a metros de distancia y porque usa anteojos amarillos. Además, porque pronuncia mucho el final de las palabras, le gusta **disfrazarse** durante los fines de semana, nunca ha tenido que correr en su vida y sólo canta canciones viejas que nadie conoce y que estamos seguros de que inventa para reírse de nosotros. En pocas palabras, mi papá no tolera a mi tío Nino porque es único y no hay nadie más como él en el mundo. Pero ésas son las mismas razones por las que yo aprendí a amarlo, y por las que no quiero que estos treinta días a su lado se acaben nunca. ¿Qué voy a hacer?

¡PACHUNGA!

NOS
VEMOS
MAÑANA.

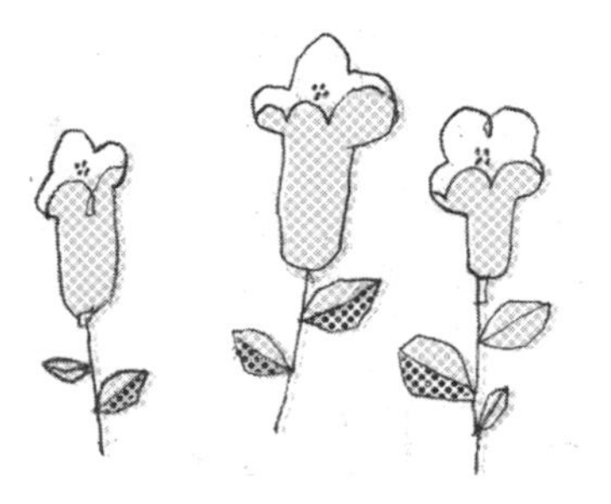

Cap. 6

¿Qué se hace cuando tu tío y su gato se encierran durante dos días en su cuarto y no quieren salir por nada del mundo? Eso fue lo que pasó con mi tío Nino después de la inesperada visita del vecino **malas pulgas**. No asomó ni siquiera la nariz cuando me atreví a llamar un par de veces a la puerta para preguntarle si quería cenar conmigo... o desayunar... o volver a cenar.

—Estoy bien —lo oí gritar en cada ocasión—. ¡Hasta mañana!

Pero no, claro que no estaba bien. Yo había aprendido, gracias a mis papás, que muchas veces los adultos mienten para que los niños no nos preocupemos por ellos, como si no fuéramos capaces de darnos cuenta de que están **tristes por dentro** y de que lo único que quieren es sentarse a llorar como si tuvieran diez años de nuevo. Por eso, cada vez que mis padres discutían y se iban furiosos a una esquina distinta de la casa, yo les hacía creer que no me había dado cuenta de nada, mientras ellos se pasaban el resto del día disimulando frente a mí.

—Eva, preciosa, ¿te sirvo un poco más de arroz? —me preguntaba mi mamá con cara de **falsa felicidad**.

—Eva, tesoro, ¿terminaste tus tareas para el colegio? —decía mi papá con una sonrisa tan forzada que me daba un poco de miedo.

—Eva, mi amor, ya es hora de que te pongas la piyama y te laves los dientes —agregaba mi mamá con los ojos inundados de lágrimas.

—Eva, muñeca, hasta mañana y que tengas lindos sueños —remataba mi papá con un gesto de profundo cansancio por haber tenido que fingir durante tantas horas una **alegría que no era real**.

No sé ustedes, pero yo podría haberme ganado todos los premios por ser la hija más experta en descubrir el verdadero estado de ánimo de los adultos, por más oculto que quisieran mantenerlo. Si no hubiera terminado siendo astrofísica, para así recorrer el universo y poder viajar de estrella en estrella, me habría dedicado a ser una **detective de emociones**. Sí, lo sé, esa profesión no existe, pero no me cuesta nada imaginarme a mí misma con una enorme lupa en la mano, un sombrero negro y unos anteojos del mismo color, examinando en silencio los rostros de los sospechosos. "¡Pachunga!", habría exclamado con un dedo en alto al tener mi veredicto. "No mienta, señora. Ya descubrí que usted le tiene envidia a su hermana y por eso hace dos años que no la llama para su cumpleaños. ¡Caso resuelto!"

Sí, de haberlo querido, habría sido la detective de emociones más famosa del mundo.

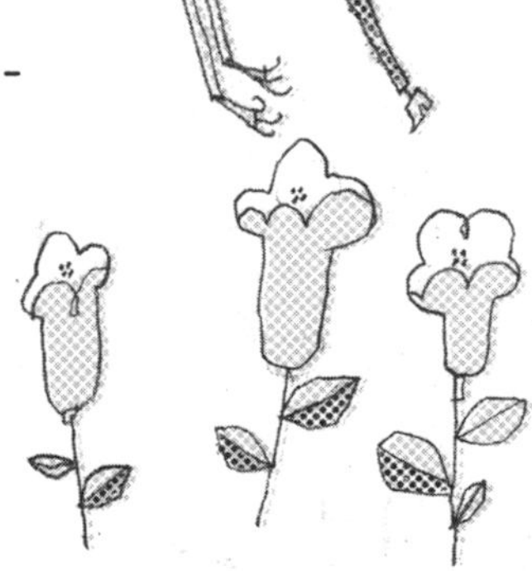

Por eso nunca tuve dudas de lo mal que se sintió mi tío Nino después de la visita del vecino. **¡Mariposita!**, le gritó el hombre justo antes de irse, como si nombrar a un pequeño y hermoso insecto pudiera ser una ofensa. La verdad, si yo hubiera sido el vecino, le habría dicho *¡gusano!*, porque, envuelto en papel higiénico de pies a cabeza, mi tío parecía más una larva a punto de salir de su capullo.

¿Por qué una palabra tan bonita le había causado tanto dolor?

Al tercer día, y para mi sorpresa, mi tío apareció en la cocina mientras yo terminaba de tomarme mi leche con chocolate. Antes de verlo entrar, supe que por fin había salido de su cuarto porque olí su loción a la distancia, una que esta vez mezclaba aromas a **algodón de azúcar**, miel de abeja y papas fritas con kétchup. Se había puesto una camisa blanca, un pantalón tan verde como la piel de una rana y calcetines amarillos que hacían juego con su elegante cinturón y el marco de sus anteojos. En una de sus manos llevaba un maletín metálico, ni muy grande ni muy chico, ni muy gordo ni muy flaco, que de inmediato supuse que debía contener cosas maravillosas con las que de seguro me gustaría jugar el resto del día.

Entró tarareando lleno de entusiasmo una canción que de inmediato reconocí: era la misma que siempre **cantaba** antes de dormirse.

Soy lo que soy,
no quiero lástima,
no busco aplausos...
La vida es fantástica,
dicen que está mal,
yo creo que está a todo dar...

Suspendió el canto y aplaudió un par de veces para llamar mi atención:

—Nos vamos, niña. Hoy vienes a trabajar conmigo.

En menos de un segundo lo vi vaciar un poco de comida para Adonis en un plato con una mano, al tiempo que con la otra buscaba las llaves del coche, revisaba el contenido de sus bolsillos para asegurarse de que tenía todo lo necesario, dejaba en el fregadero mi vaso con rastros de leche y recogía con un dedo un par de migas que era todo lo que había quedado del pan tostado que me comí en el desayuno.

Roaaaaar hizo el auto cuando salimos hacia la avenida.

Con la vista en la calle y en los demás carros que corrían frente a nosotros, apretó sin mirar un

par de botones en el radio. De inmediato comenzó a escucharse a todo volumen aquella canción, la de todas las noches. **Su favorita**. Durante cuadras se fue repitiendo palabra por palabra junto a la cantante que, no sé por qué, imaginé era su mejor amiga:

La vergüenza real
es no poder gritar:
yo soy lo que soy...
¡Yo soy lo que soy!

Al mismo tiempo que él canturreaba como si estuviera sobre un escenario **rodeado de luces** y bailarines, yo miraba fascinada el maletín metálico que iba muy bien acomodado en el asiento trasero del coche. Tenía un mango de cuero y dos hebillas metálicas donde se insertaban unas correas agujereadas que, una vez en su sitio, mantenían la tapa cerrada. Cada vez que el auto daba un pequeño salto a causa de un hoyo en la calle, o por culpa de un brusco frenazo de mi tío, se escuchaba el *tilín talán tulún* de cosas dentro del maletín. Cosas. Muchas cosas. Cosas que, para mi desgracia, no pude identificar bien: a veces se oían como las herramientas de un carpintero en pleno trabajo; en otras ocasiones,

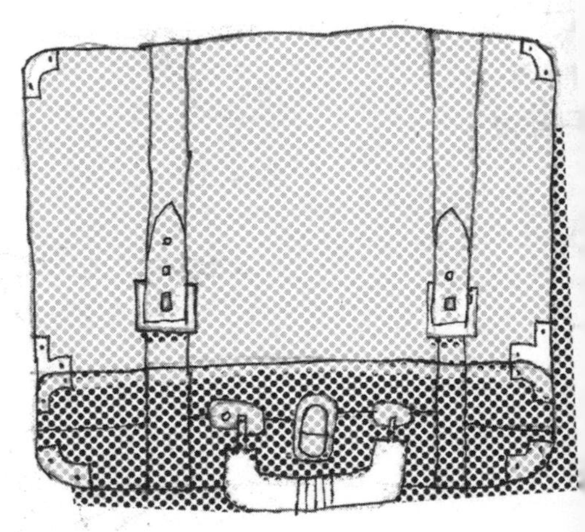

como canicas de vidrio chocando unas contra las otras; y, por último, como varias copas de champaña haciendo ¡salud! en una noche de Año Nuevo.

¡¿Qué guardaba mi tío en **su interior**?!

Nos estacionamos frente a un enorme galpón que parecía abandonada. Por un segundo pensé que nos habíamos equivocado de lugar, porque no me imaginé que mi tío se hubiera vestido tan elegante, y se hubiera puesto tanta loción, sólo para ir a un sitio tan feo y viejo. Pero cuando lo vi empujar las enormes puertas de entrada y, desde ahí, hacerme una seña para que lo siguiera, entendí que la equivocada era yo y que sí habíamos llegado a nuestro destino. Adentro estaba lleno de gente que hablaba toda al mismo tiempo. Algunos arrastraban varios cables gruesos y largos; otros instalaban unos enormes focos que iluminaban más que el mismo sol; los de más allá conversaban alrededor de una cámara fotográfica más grande que mi papá, que era la persona más alta que yo conocía; los de más acá trataban de hacer entender a los de más allá que no era hora de platicar y que más le valía ponerse rápido a trabajar.

Un señor con cara de estar siempre más atrasado de lo que debía se acercó a nosotros y con alivio le puso una mano en el hombro a mi tío.

—Adelante, Nino, te estábamos esperando.

Mi tío asintió con la cabeza y fue saludando a todos los que se cruzaron en su camino.

—¡Hola, Nino!

–Bienvenido, Nino.

—¡Llegó Nino, ya podamos empezar!

—Ábranle paso al maestro Nino.

—Por aquí, Nino.

¡¿Por qué nadie me había dicho que mi tío era famoso?!

Mi tío avanzó hacia el centro del lugar y, ante la mirada atenta de todos los presentes, dejó sobre una mesa su maletín. Con infinito cuidado, quitó las correas que lo mantenían cerrado y lo abrió. Yo contuve la respiración y tragué con fuerza de pura emoción. *Glup.* ¡Por fin iba a descubrir qué contenía! Con manos expertas, levantó la tapa, metió sus manos de uñas perfectas en el interior y sacó lo que parecía ser una bandeja. Y debajo de esa bandeja se desprendió otra más. Y otra. Y todas las bandejas estaban llenas de pinceles de diferentes tamaños, tarros de crema, lápices, esponjas, bolitas de algodón, frascos llenos de líquidos de muchos colores, espejos, maquillaje y hasta un par de tijeras. ¿Sería otra de sus colecciones?

—**¿Dónde están las estrellas?** —preguntó.

Frente a la enorme cámara fotográfica, y justo debajo de los focos encendidos, había una mesa cubierta por un mantel blanco. Y, sobre ella, un enorme plato repleto de diferentes frutas que se veían algo marchitas y derretidas por el calor de las luces: alcancé a ver manzanas, uvas, un par de plátanos, una piña y varias naranjas. Mi tío tomó un pincel, un par de frascos y algunas cremas de su maletín y se acercó a la fruta. Cerró uno de sus ojos, como si estuviera pensando en algo muy importante, y luego de una pausa comenzó a pasarle el pincel a la cáscara de la naranja.

¿Eh...?

¿Mi tío estaba maquillando a una naranja?

Volvió a cerrar el ojo, hizo una inconforme expresión de *mmm* con la boca y empezó de nuevo con su tarea. Para allá y para acá iba el pincel. Una y otra vez. **Plis plis plis.** Y frente a mis propios ojos, la naranja pareció rejuvenecer. La cáscara, que antes se veía opaca y algo añeja, quedó brillante y fresca como si recién la hubieran cortado del árbol. Lo mismo sucedió con las manzanas, las uvas y los plátanos luego del trabajo de mi tío Nino (que no descansó hasta

dejar todas las frutas tan hermosas y deliciosas). Lo único en lo que podía pensar era en robarme una para comérmela en un rincón de ese enorme lugar. Por último, justo antes de volver a cerrar su maletín repleto de **todos los secretos** de su trabajo, espolvoreó un poco de brillantina plateada sobre su obra.

—Así creamos la ilusión de que las frutas están recién mojadas y se van a ver muy lindas en las fotos —me dijo, muy cómplice—. En eso consiste la belleza, Eva. En buscar siempre que las cosas se vean distintas de lo que son. Que nada parezca realmente lo que es, sino algo mucho mejor. ¿Lo entiendes ahora?

Sí, claro que lo entendí. Porque cuando tienes diez años y te explican las cosas, no con palabras sino dándote un ejemplo, esas cosas se te quedan **para siempre en la memoria** y no se te olvidan nunca más. Por eso recuerdo ese día, a pesar de que ya han pasado tantos

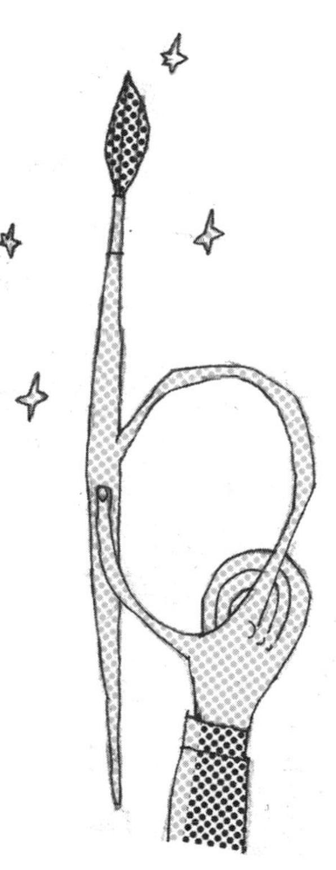

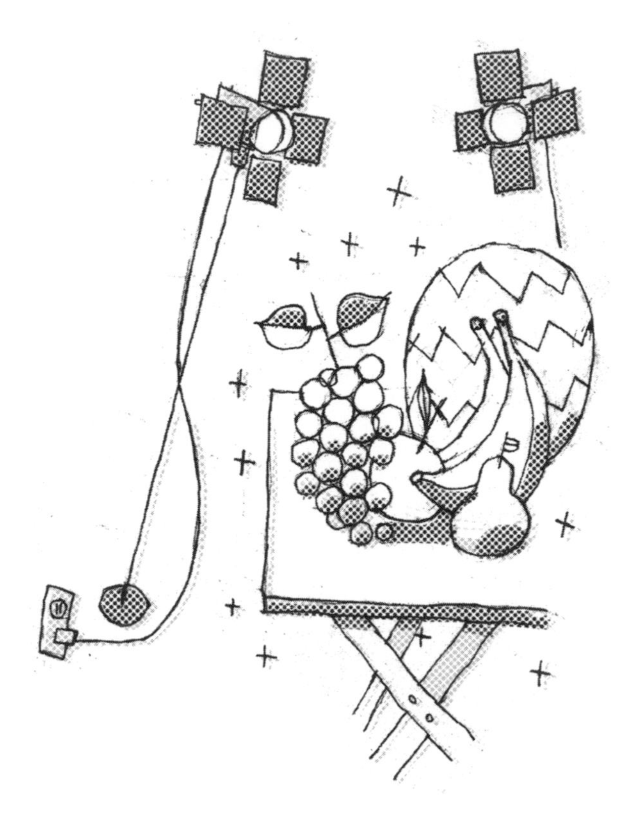

años. Y sobre todo lo recuerdo porque cuando nos estábamos subiendo al coche, esta vez listos para regresar a casa, mi tío Nino se me quedó mirando directo a los ojos y, con una sonrisa llena de dientes blancos y muelas alegres, me lanzó:

—Eres la **niña más pachunga** que conozco.

Y yo nunca, nunca, ¡nunca! me sentí tan especial.

Cap. 7

—¿Cuántos amigos tienes? —preguntó mi tío.

—No sé, algunos.

—Dime la verdad, Eva. ¿Cuántos amigos tienes?

—Pocos.

—¿Cinco?

—Menos.

—¿Tres?

—Un poco menos —respondí, y **me escondí** detrás de mi vaso de leche con chocolate.

—¿Dos?

—Uno —confesé—. Alicia Mandujano.

—Vaya, qué afortunada eres.

—Pero mi papá dice lo contrario. Todos los días me pide que me haga de más amigos. Que no puedo seguir así de sola.

—¿Y tú eres feliz siendo amiga de Alicia Mandujano?

—Sí, por eso es mi amiga.

—Entonces no estás sola. A ver, ¿qué hacen cuando están juntas?

—Cuando éramos más chicas, organizábamos fiestas con **nuestras muñecas**. Ahora, a veces salimos a andar en bicicleta o vemos un poco de televisión.

—Qué afortunada eres —repitió mi tío Nino.

—¿De verdad lo crees?

—Claro que sí. ¿Y te ríes mucho con tu amiga?

—Muchísimo. A veces mi mamá viene a ver qué nos pasa, porque escucha nuestras carcajadas desde la sala.

—¡Qué maravilla!

—Pero mi mamá no tiene mucha **paciencia**, porque siempre le duele la cabeza. Entonces tenemos que bajar la voz para no molestarla.

—Ay, los adultos... —suspiró.

—Entonces, cuando eso pasa, con mi amiga salimos a la calle a gastarles bromas a los vecinos. Hace como un año, le hicimos trenzas al perro de la señora Isolina y ella se puso a **gritar** de la impresión cuando lo vio, porque no lo reconoció.

—¡Qué divertido, me encanta!

—Y otro día le pusimos un ratón de plástico debajo de la almohada a don Facundo, y todo porque había culpado a Alicia de robarle el periódico. Dicen que gritó tan fuerte cuando se metió en la cama, que hasta llegaron los bomberos.

—¿Y era cierto lo del periódico?

—¡Claro que no, tío!

—Bien merecido se lo tenía, entonces. ¿Quieres que te confiese algo? Jamás me hubiera imaginado que eras así.

—Es que **me aburro mucho** en casa —admití algo avergonzada de mis propias acciones—. Lo hago para entretenerme.

—Qué ganas de haber sido así como tú.

—A lo mejor podríamos hacerle una broma a tu vecino, tío.

—No es una mala idea. ¿Qué tienes en mente?

—Déjame pensar —murmuré y cerré los ojos para concentrarme mejor—. Podríamos comprar muchas **mariposas** en la tienda y meterlas en su casa cuando él no esté. Y así, cuando regrese del trabajo y abra la puerta...

—¡Pachunga! Va a quedar cubierto de mariposas de pies a cabeza —exclamó mi tío Nino con una sonora risotada—. ¡Eres brillante, niña!

—¿Me vas a explicar por qué te dolió tanto que ese señor te llamara así? —me atreví a preguntarle.

—Porque sus palabras me... me trajeron muchos recuerdos —dijo muy despacio—. Por eso.

—¿Recuerdos de qué?

—Recuerdos de mi infancia. A diferencia de ti, yo no fui tan afortunado. Nunca tuve amigos.

—Eso no es cierto. ¿Y la cantante?

—**Gloria Gaynor** es mi cantante favorita. Su música y la letra de sus canciones me han acompañado

a lo largo de muchos **momentos importantes** de mi vida. Pero yo no la conozco, ni ella me conoce a mí, así es que no cuenta.

—¿De verdad no tuviste ni un solo amigo?

—Nadie nunca quiso jugar conmigo.

—¿Y por qué?

—Supongo que porque... no era como ellos.

—¿Y cómo eras tú?

—Digamos que era un niño que siempre trataba de ver las cosas desde **un ángulo diferente**.

—¿Y cómo eran ellos?

—Idénticos a mi vecino.

—¿También te gritaban "mariposita"?

Por primera vez mi tío hizo una pausa en la conversación. Con toda la calma del mundo, terminó de tomarse su café, le dio un mordisco a su pan tostado con mermelada de moras y se tocó la cabeza para asegurarse de que **la ola marina del cabello** aún estuviera en su sitio.

—Sí —fue todo lo que comentó.

—¿Y por eso te encerraste en tu cuarto cuando te gritó?

—Además de bromista, eres una niña muy preguntona. Por eso me caes bien, Eva. En eso nos parecemos.

—¿Tú también hacías muchas preguntas?

—Sí, muchísimas. Pero a diferencia de ti, no tuve quién me las respondiera.

Ahora fui yo la que hizo una pausa. Me limpié la boca con la servilleta que él había dejado perfectamente doblada junto a mi mano, alcé la vista y lo miré directo a sus ojos verdes y brillantes, ocultos tras los cristales de sus gafas. Quise comentarle tantas cosas, pero sólo hice caso a lo que **el corazón me aconsejó** decir:

—Ya no estás solo, tío Nino. Ahora me tienes a mí.

Y por primera vez en diez años, quise que un verano durara el resto de mi vida.

Cap. 8

Muchos, muchos años después, descubrí una estrella que ningún telescopio, ni satélite, ni astronauta había visto hasta ese momento. Estaba sola en **una esquina del cosmos**, esperando muy tímida a que alguien la encontrara y yo, por pura casualidad, una noche me asomé por la escotilla de la nave espacial y la vi. Era pequeñita, con un fulgor amarillo muy hermoso que se apreciaba aún más a causa del intenso negro del espacio. Como fui

la primera en hallarla, me dieron muchas medallas, un diploma con letras de oro y la oportunidad de ponerle un nombre.

—¿Cómo quieres que se llame tu estrella? —preguntó mi jefe con una sonrisa.

Yo no tuve ni que pensar en **la respuesta**.

¿La adivinan?

—Pachunga —contesté al instante.

Pues sí. Era una promesa, ¿no?

Al día siguiente, todos los periódicos del mundo anunciaron la noticia de la nueva y recién bautizada Estrella Pachunga que formaba parte de nuestra Vía Láctea. Durante varios días hubo brindis, celebraciones, aplausos y fiestas para conmemorar el importante acontecimiento. Al cabo de los meses, ya muy pocos se acordaban de la **Estrella Pachunga**. Años después, soy probablemente la única que aún piensa en ella. Porque cada vez que **miro hacia el cielo** y veo a lo lejos ese punto de un color tan parecido a los anteojos de mi tío, me acuerdo de él. Y mi corazón resplandece al igual que mi estrella, que me lo recuerda todas las noches.

Cap. 9

—No, ya no quiero ser arqueóloga para descubrir civilizaciones antiguas enterradas en la arena —dije una tarde, después de mucho reflexionar.

Mi tío Nino, que en ese momento sostenía a Adonis sobre sus piernas e intentaba peinarlo con un cepillo hecho de un marfil tan blanco como el gato, suspendió su tarea y se giró hacia mí con cara de signo de interrogación.

—Es que gracias a ti **descubrí** que no me gustan ni el calor del desierto ni la humedad de las excavaciones —me justifiqué.

—Me alegro —afirmó—. Aunque a veces la humedad le hace bien a la piel, también hace del pelo un animal salvaje. ¡Y no queremos animales salvajes sobre nuestras cabezas!

No, claro que no, pensé en silencio. Por algo mi tío perdía al menos media hora todas las mañanas dándole forma a su cabello, que no se movía ni un solo milímetro el resto del día.

—Entonces descartamos que vayas a convertirte en la exploradora Ofelia Montgomery —sentenció—. ¿Y cuáles eran las otras dos opciones? Ah, sí, ya recuerdo. **Panadera** o **astrofísica**. Muy bien. ¡Pachunga, a la cocina!

—¿Ahora?

—¡El futuro no puede esperar, niña! —exclamó con determinación al tiempo que dejó a Adonis sobre la alfombra.

En un dos por tres abrió y cerró las puertas de los anaqueles, sacó platos, moldes, una cuchara de palo y desplegó sobre la mesa de trabajo el resto de los utensilios que guardaba en los cajones. Sin preguntármelo, me puso un sombrero de chef que no alcancé a ver de dónde sacó. Luego

amarró en torno a mi cintura un delantal que me quedó tan largo que estuve a punto de tropezar con él varias veces.

—A partir de ahora, eres la famosa repostera Ofelia Montgomery, envidiada por tus colegas, admirada por tus clientes y **respetada por los críticos** alrededor del mundo —exclamó con voz de ceremonia mientras hacía una exagerada reverencia—. Y ahora dígame, Madame Montgomery, ¿qué ingredientes necesita para hacer su reconocido y celebrado pan?

¿Eh? ¡¿Yo?!

—Pues... —empecé a decir sin saber cómo seguir— creo que... que hay que comenzar por... ¿por la harina?

—¡Muy bien! —exclamó con un aplauso—. Harina. Aquí está.

Dejó frente a mí un enorme paquete que tosió un polvillo blanco al caer sobre la mesa. Mi tío Nino clavó nuevamente sus ojos expectantes en mí.

—¿Y qué más, Madame? —me apuró.

—¿Aceite? —dije por decir algo.

Ay. **Respuesta incorrecta**. Otro tío, cualquiera que no fuera el mío, el suyo, tal vez, hubiera suspendido el juego para ayudar a su sobrina con los ingredientes. Pero no. Al escuchar mi contestación, la sonrisa de mi tío Nino se congeló bajo su nariz y se llevó ambas manos a la cintura. En menos de un segundo me había vuelto a meter en problemas.

—¿Sabes hacer pan o no? —preguntó por lo bajo.

—Ni idea —confesé.

Luego de soltar un molesto ahhhh a todo pulmón, negó tres veces con la cabeza y se quedó mirando las repisas de la despensa con expresión de estar tomando una decisión. Al igual que un pulpo de ocho brazos, fue recolectando con asombrosa rapidez un canasto con huevos, sal, una botella de leche, mantequilla y otros productos que dejó sobre la mesa. Arrugó la boca como si fuera a lanzarme un beso, pero no..., no lanzó ningún beso, sino que en su lugar hizo un molesto chasquido con los labios.

—Vamos a ver, niña —mascculló—. Tienes diez minutos para convencerme de que lo mejor que puedo hacer es quedarme aquí ayudándote a decidir **tu futuro**, y no irme a mi cuarto a seguir peinando a Adonis. Demuéstrame que tienes lo necesario para llegar a ser una gran repostera.

Me sequé el sudor de las palmas de las manos en el delantal. Intenté recordar si alguna vez mi mamá había horneado pan en casa, para así seguir su ejemplo, pero no conseguí acordarme de ninguna ocasión. Si de verdad quería la ayuda de mi tío para poder llegar a ser **famosa** gracias a mis creaciones en la cocina, no me iba a quedar más remedio que inventar.

¡Y rápido!

—En sus marcas, listos..., ¡ya! —exclamó mirando el gran y redondo reloj que adornaba uno de los muros de la cocina.

Abrí el paquete de harina y vertí un poco dentro de un cuenco. ¿Estaría bien así o sería necesario más? Mejor que sobre y no que falte, repetía siempre mi papá. Tal vez era hora de **seguir su consejo**. Cuando lancé casi la mitad de la harina al interior del recipiente, una enorme nube blanca cubrió por un instante la imagen de mi tío Nino que, de pie frente a mí, analizaba con cara de juez cada uno de mis movimientos. ¿Y ahora? ¿Era el momento de romper un par de huevos o quizá de echar un chorrito de leche?

—Nueve minutos más...

Me decidí por fin a abrir el envase de la leche y vertí un poco sobre la harina. De inmediato, mi creación adquirió un aspecto de engrudo, más parecido a algo que está a punto de echarse a perder que a la deliciosa masa de un futuro pan, cuyo único y delicioso sabor debía dar la **vuelta al mundo**. ¡Huevos! No, no, antes... ¡mantequilla! ¿Sí? ¿No? Por si acaso, eché un par de cucharadas sobre la pasta que cada vez se hacía más espesa y difícil de revolver. Entonces decidí dejar a un lado la cuchara de palo para seguir mezclando con mis propias manos. Pachunga, esto no tenía buena cara. Levanté la vista y vi a mi tío, con los ojos fijos en el reloj.

—¡Quedan seis minutos, Madame Montgomery! —urgió.

Ahora sí. ¡Los huevos! Tomé uno y lo rompí luego de varios intentos. Era la primera vez que lo hacía, y no tenía idea de que la cáscara podía llegar a ser tan dura. ¿Cuántos serían necesarios? ¿Tres? ¿Cuatro? ¡¿Más?!

¡¡Socorro!!

Seguí batiendo con mis propias manos, algo aliviada de ver que la masa empezaba poco a poco a sentirse más suave y cremosa entre mis dedos. Después de todo, tal vez sí estaba destinada a ser una famosa repostera. Quizás este método tan extraño de mi tío de enseñarme a descubrir mis propios talentos, obligándome a correr contra el tiempo y a seguir una receta que nunca nadie me había enseñado, iba a tener **un final feliz**.

Vi que sobre la mesa aún quedaban la sal, un paquetito donde alcancé a leer "Levadura" y un vaso con un poco de agua tibia. Decidí que no iba a echarle sal a mi pan, porque siempre había escuchado discutir a mi mamá con mi papá por culpa de ese tema.

—¡La sal hace mal! —le reclamaba ella cada vez que lo sorprendía con el salero en la mano—. ¿Acaso te parece que la comida que hago es desabrida? ¡¿Es eso lo que estás queriendo decirme?!

Como no supe lo que era levadura, decidí ignorar por completo ese ingrediente que, de seguro, no servía para nada. Y el vaso de agua me lo tomé de un trago justo cuando mi tío anunció con voz de árbitro de futbol:

—¡Se acabó el tiempo!

Sin decir una sola palabra más, me ayudó a vaciar la mezcla dentro de un molde metálico que, una vez lleno hasta el borde, metió al horno.

—¿Cuánto tiempo le ponemos? —me preguntó.

—Media hora —dije, porque treinta minutos era **lo máximo que yo sabía esperar** sin empezar a ponerme nerviosa.

—¿Estás segura?

—Segurísima —mentí.

—Muy bien, me gusta que confíes en **tu instinto**, aunque no tengas idea de lo que estás hablando.

Y con un movimiento preciso de su mano giró una de las perillas de la estufa y salió de la cocina.

Me imagino que no necesitan que les confirme que mi primer y único proyecto de repostera fue **un completo fracaso**. A los pocos minutos, un humo negro que empezó a inundar la cocina le provocó un ataque de estornudos a Adonis y nos obligó a abrir todas las ventanas de la casa. Cuando mi tío dejó caer sobre el fregadero el molde lleno de una masa oscura y dura como un carbón, y ardiente como un volcán en plena erupción, se

giró hacia mí y sentenció con una voz totalmente pachunga:

—Pues ahora tendrás que **viajar a las estrellas**, niña. Es lo único que te queda por probar.

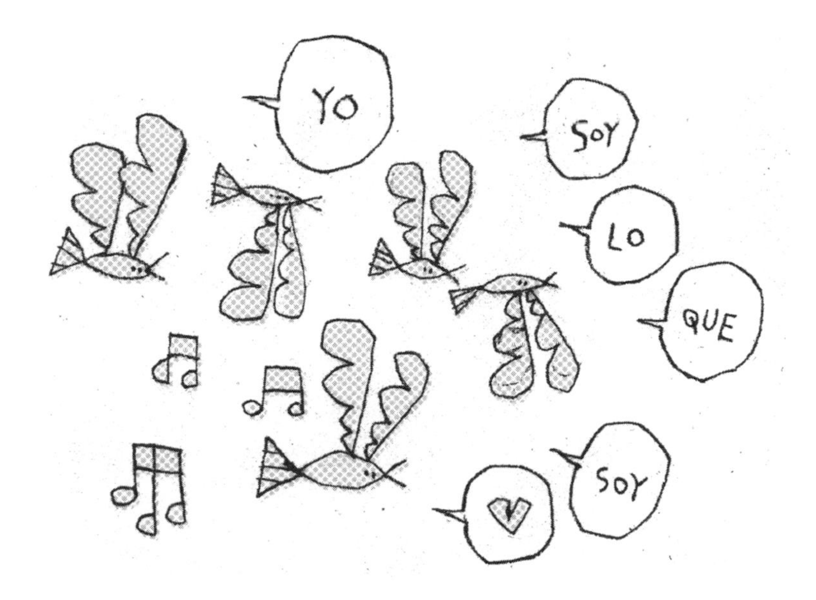

Cap. 10

Lo mejor que te puede pasar es que un día cualquiera tu tío reciba una llamada telefónica para invitarlo a maquillar una hamburguesa. Sí, escucharon bien. Maquillar una hamburguesa. Por lo que alcancé a entender de su plática, unos señores muy importantes iban a grabar un anuncio para la televisión y necesitaban con urgencia que su famosa hamburguesa se viera más fresca, más apetitosa y más exquisita que nunca, para que así todos corrieran a comprarla. Y parece que los únicos capaces de conseguir eso eran mi tío Nino y sus pinceles especiales. ¿Que por qué digo que eso es lo mejor que me podía pasar? Bueno, porque en cuanto colgó, y sin que yo alcanzara a sugerírselo, mi tío me pidió que lo acompañara al estudio de filmación donde iban a rodar el anuncio.

—Vas a conocer la magia de la publicidad —dijo mientras sacaba del clóset su formidable maletín metálico.

—¡Me encanta! —exclamé llena de entusiasmo.

—Tienes que prestar mucha atención, niña, porque voy a hacer **mi mejor trabajo**. Ya verás —señaló con orgullo mientras bajábamos la escalera rumbo a la salida—. Estoy pensando usar un poco de vaselina para dejar brillante la lechuga. ¡Ah, y voy a pegar con barniz de uñas muchas semillas de ajonjolí en el pan para que se vea más apetitoso!

¿Apetitoso un pan para una hamburguesa con vaselina y barniz de uñas? Eso era algo que tenía que ver con mis propios ojos.

—Y voy a pintar la carne con una mezcla de **cera de zapatos** y **café diluido**, que la va a dejar como recién cocinada —agregó con una sonrisa—. ¡Pachunga!, éste va a ser un gran día.

La alegría lo hizo improvisar un par de pasos de baile rumbo al coche, que estaba estacionado frente a la casa. Dos, tres, dos, tres, dos, tres, lo oí murmurar mientras movía rítmicamente el pie derecho hacia delante y el izquierdo hacia atrás. Y para mi sorpresa, se atrevió incluso a cantar en voz alta:

Soy lo que soy.
No tengo que dar
pretextos por eso.
A nadie hago mal
y el sol sale igual
para mí y para ellos.

Aplaudí feliz de verlo así, tan contento y entusiasmado a causa de una hamburguesa que esperaba por él frente a las cámaras. Y por lo visto mis aplausos de **sobrina cómplice** le dieron más energía para continuar con su baile, porque cuando pensé que iba a abrir la puerta del chofer para subirse y partir rumbo a su nueva tarea, empezó a mover los brazos hacia arriba y hacia abajo para así seguir el compás de sus pies saltarines. Frente a mis ojos sorprendidos, mi tío Nino comenzó a interpretar una coreografía en mitad de la calle, cantando y bailando su canción favorita que, de tanto escucharla noche tras noche, yo también me había aprendido de memoria. Entonaba un par de palabras y... ¡zaz!, subía las manos. Entonaba otro par de palabras y... ¡zaz!, zapateaba para hacer sonar sus suelas contra el pavimento. Entonces, sin que nadie me lo pidiera, yo también quise formar parte de ento tan pachunga. Corrí hacia él y empecé a imitar cada uno de sus movimientos.

—*Tenemos una sola vida...* —canté a todo pulmón.

—*Sin retorno* —prosiguió mi tío.

—Por qué no vivir... —continué yo.

—**Como de verdad somos** —remató él.

La canción y el baile fueron reemplazados por un ataque de risa tan estruendoso que nos obligó a recargarnos en el auto para no caernos al suelo. Entre mis risotadas alcancé a ver la enorme silueta del vecino con cara de dolor de estómago, que salió de su casa y se quedó desde la acera mirándonos lleno de reproche.

—¡Ya basta de escándalos! —rugió—. ¡Váyanse a hacer el ridículo a otra parte!

Mi tío suspendió de golpe sus carcajadas y en un instante sus ojos se volvieron a llenar de **ese miedo que yo conocía tan bien**, porque lo había visto muchas veces en los ojos de

Lalito Finol, el sabelotodo del colegio al que todos molestaban durante el recreo.

Porque cuando tienes diez años hay cosas que no se te olvidan nunca: como el terror de tu compañero al ver que sus enemigos se vienen acercando a él para hacerle la vida miserable.

El vecino se giró hacia mi tío y **lo señaló** con un dedo.

—Y no sigas dándole un mal ejemplo a esa niña. ¡O te las vas a ver conmigo, mariposita! —bufó con una voz tan llena de desprecio que sentí que las orejas me ardían de coraje.

Hasta los pájaros que cruzaban por encima de nuestras cabezas se quedaron en silencio ante la amenaza de ese hombre que sonrió satisfecho al ver lo que provocó. Mi tío Nino se enderezó despacio, recuperó el maletín que había dejado sobre el techo del coche y buscó en sus bolsillos la llave para abrir la puerta del chofer. Pero yo no me asusté: el corazón me latía tan fuerte que pensé que en un descuido iba a saltar por mi boca para obligarme a perseguirlo calle abajo. Sin tener claro lo que iba a decirle, di un par de pasos hacia el vecino.

—¡Eva, no! —me gritó mi tío.

Pero no le hice caso. Avancé un poco más, siempre mirándolo directo a los ojos.

—¿Qué quieres? —me gruñó.

Entonces abrí la boca, esperando que esta vez mi corazón aconsejara sabiamente a mi cerebro para que así escogiera las palabras adecuadas y así enfrentar a ese hombre tan grosero y que tanto daño le hacía a mi tío. Y para mi propia **sorpresa**, me escuché cantando de nuevo la canción favorita de mi tío, pero esta vez con más fuerza que nunca:

NO QUIERO FINGIR,
NO VOY A MENTIR,
YO SOY LO QUE SOY...
¡YO SOY LO QUE SOY!

El vecino frunció el ceño muy desconcertado y sus cejas se torcieron en un gesto de molestia por mi **atrevimiento**. Respiró hondo para llenarse de aire y volver a dar uno de sus gritos malvados, pero mi canto a todo pulmón hizo que los pájaros que se habían quedado mudos volvieran a alborotarse en los árboles de la calle sumándose a mi voz:

Soy lo que soy,
no quiero lástima,
no busco aplausos...
La vida es fantástica,
dicen que está mal,
yo creo que está a todo dar...

Mi tío se acercó a mí y me tomó de la mano. Y sin que nos pusiéramos de acuerdo, seguimos cantando al mismo tiempo, los dos de cara al vecino, que se fue poniendo rojo, luego carmesí, después rubí, hasta que quedó como un enorme tomate con sobrepeso.

No quiero fingir.
No voy a mentir.
Yo soy lo que soy...
¡Yo soy lo que soy!

El hombre negó con la cabeza, furioso por no saber qué hacer o decir para conseguir callarnos. Dio un par de manotazos al aire con los puños muy apretados y se metió de regreso a su casa dando un portazo que sonó igual que el **cañonazo** de un barco pirata.

—Tenías razón —me reí divertida—. El rojo tiene muchos tonos. ¡Conté varios en la cara de ese señor!

Mi tío Nino se inclinó sobre mí y me dio **un beso en la frente** con sus labios fríos y secos, tal como siempre imaginaba que le quedaban a Lalito Finol después de algún enfrentamiento con nuestros compañeros.

—A partir de hoy vamos a agregar una nueva regla de convivencia, Eva. La más importante de todas —señaló muy serio—. "Cuando alguien grite con voz desafinada por el odio, hay que responder siempre cantando una canción pegajosa que lo obligue a seguir el ritmo con los brazos y los pies".

Y así mismo hice el resto de mi vida.

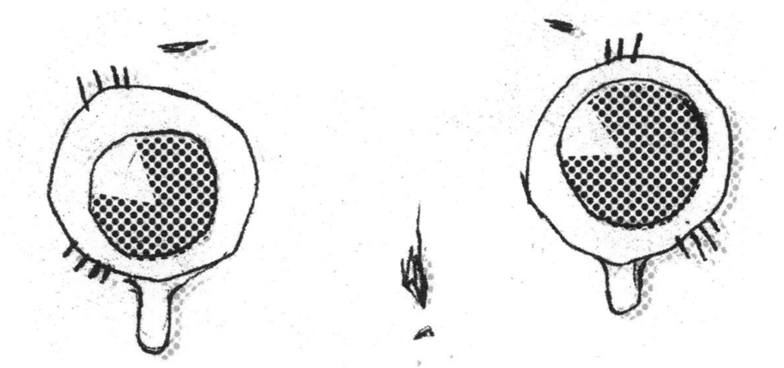

Cap. 11

El viaje de reconciliación de mis papás fue un fracaso, porque regresaron más enojados de lo que estaban al irse. Y cuando me enteré de su decisión, mi corazón **se partió en dos**. Igual que su matrimonio.

Cap. 12

—Tres...

Siento el rugido de los motores que hacen vibrar la **nave espacial**, que aún reposa sobre la losa de arranque.

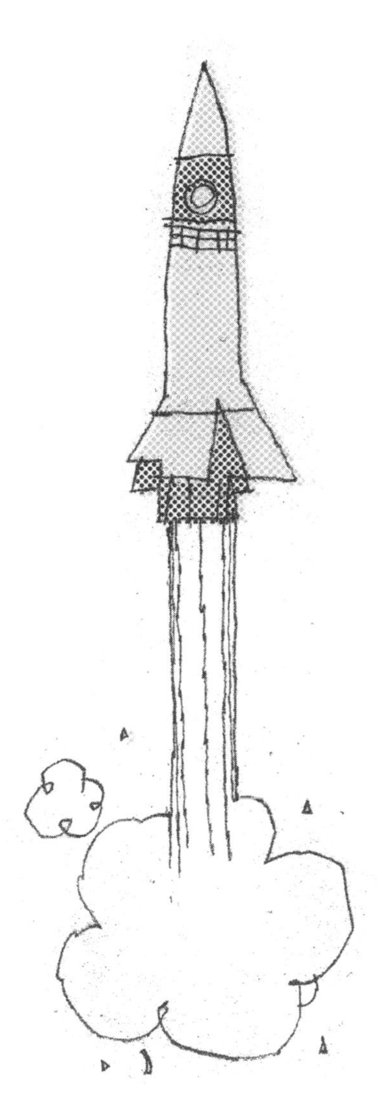

—Dos...

Cierro los ojos y pongo todo mi cuerpo en alerta.

—Uno...

Bueno, llegó la hora. ¡Aquí voy!

—¡Despegue!

La astronave cruje de punta a cabo cuando los propulsores sueltan toda su **fuerza** y **energía**. El humo brota en enormes cantidades, y una columna de fuego nos despega de la tierra. A través de la escotilla veo cómo la torre de control se va haciendo pequeña, cada vez más pequeña, hasta quedar convertida en una manchita verde. A los pocos segundos, esa mancha verde se transforma en la delgada línea del horizonte. Y de pronto la luz del sol se apaga y al otro lado de la ventana de la cabina surge el **negro más negro** que yo haya visto alguna vez. Los ruidos cesan. La furia del despegue se calma. La nave reduce la velocidad. Yo puedo volver a respirar tranquila.

Estoy en el espacio. Por fin. Por primera vez.

Entonces yo, la afamada comandante Ofelia Montgomery, astrofísica de profesión, me quito todos los cinturones de seguridad que me mantienen firmemente atada a la silla de comando y puedo **flotar libremente** dentro de la cabina. El tanque de oxígeno que llevo colgado en la parte trasera de mi traje de astronauta me permite respirar sin problemas. Me doy una vuelta en el aire. Ensayo una pirueta que me deja con los pies hacia el techo y la cabeza hacia el suelo.

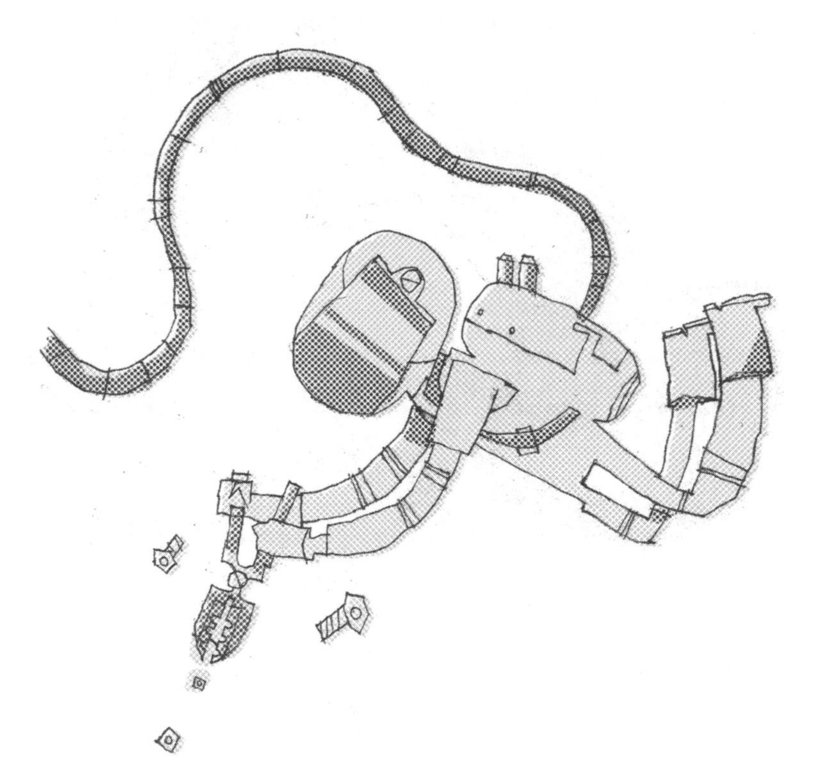

—El paisaje, Eva. No te pierdas el paisaje.

Las palabras me llegan a través de la distancia, y no estoy muy segura de si en verdad alguien las acaba de susurrar dentro de mis oídos o si soy yo misma quien las imagina. Pero no me importa descubrir cuál es la verdad. Me impulso con los brazos, como si estuviera nadando dentro de una alberca sin agua, y me desplazo hacia la escotilla. El vidrio del casco que rodea mi cabeza se humedece con mis lágrimas de emoción y **felicidad**. Lo que veo es lo más hermoso que mis ojos han podido distinguir en todos mis años de vida: el equilibrio perfecto de los planetas que parecen **diamantes** repartidos sobre un mantel oscuro; el silencio que lo rodea todo; la soledad, que no asusta sino que, por el contrario, tranquiliza; el jugueteo de cometas y estrellas fugaces que se desplazan a toda velocidad por encima de mi cabeza; la perfección... ¡La perfección!

—¿Lo ves, Eva?

Claro que lo veo. Lo veo con mis propios ojos. En este **paisaje espacial** no hay nada que falte ni nada que sobre. Siento el corazón que brinca acelerado dentro de mi pecho y que sube hasta mi garganta convertido en un sollozo más parecido a una carcajada. Es en este preciso momento, suspendida por la falta de gravedad frente a la ventana de la nave, que descubro que se puede **llorar y reír** al mismo tiempo. Y todo a causa de una emoción celestial que te sale del alma.

—Y cuando en muchos años más de verdad seas una astronauta y viajes al espacio, tienes que descubrir una estrella.

—Sí, tío.

—La vas a encontrar por casualidad, un día cualquiera, en **una esquina del firmamento**, muy tímida esperando a que alguien la vea.

—¡Y yo voy a ser esa persona!

—Sí, Eva. Tú vas a ser esa persona. Y cuando eso pase, vas a ponerle un nombre en mi honor.

—La voy a bautizar como Estrella Nino.

—No, ése es un nombre muy poco panchunga.

—¡Estrella Pachunga!

—Ése me gusta más.

Me pego un poco más al cristal que me separa de la inmensidad del cosmos. Y la veo: es una estrella muy pequeñita, con un fulgor amarillo muy hermoso que se aprecia aún más a causa del intenso negro del espacio.

-Mi propia estrella...

—¡La Estrella Pachunga!

—Y ahora abre los ojos, Eva.

No, no quiero abrirlos. Estoy mejor que nunca allá arriba, tan arriba que el cielo ya no es azul.

—Abre los ojos...

Ya no tengo dudas. Esto es lo que quiero hacer el resto de mi vida. Nací para comandar astronaves y vestir uniformes tan gruesos que apenas me permiten doblar los brazos y las piernas. Si abro los ojos voy a descubrir que todavía estoy en la tierra, aquí abajo, específi-

camente en un cuarto de la casa de mi tío Nino. Voy a ver que el cohete en el que viajo es sólo una caja de cartón que él rescató de la basura y que en menos de un minuto forró de papel metálico para darle la apariencia de una nave galáctica. Lo que yo veo como el universo frente a mis ojos no es más que una pared repleta de las luces del árbol de Navidad que mi tío colgó de tal manera que parecen planetas que se encienden y se apagan. Un ventilador, que a veces usamos para espantar el calor en las noches de verano, me lanza su aire fresco directo a la cara y me ayuda a creer que estoy flotando a causa de la falta de gravedad. La vieja pecera donde mi tío guarda su colección de pelotas de golf me presiona las orejas y los hombros, ya que la estoy usando como si fuera el casco de mi traje de astronauta. Ofelia Montgomery, la **célebre astrofísica** que fui durante lo que duró el juego, empieza a despedirse. Yo le digo adiós y le doy las gracias, muchas gracias, muchísimas gracias, porque ella me ayudó a descubrir a qué me quiero dedicar cuando sea adulta.

Y también te doy las gracias a ti, mi tío pachunga, mi **tío maravilloso**, a quien le voy a dedicar la primera estrella que descubra cuando sea grande. Nunca me voy a separar de ti.

Lo sé, ésa fue una promesa que no cumplí. Pero no tenía cómo adivinar que apenas nos quedaban unos pocos días para hacernos compañía, ni que después lo iba a perder para siempre. Por el resto de mi vida.

Ay.

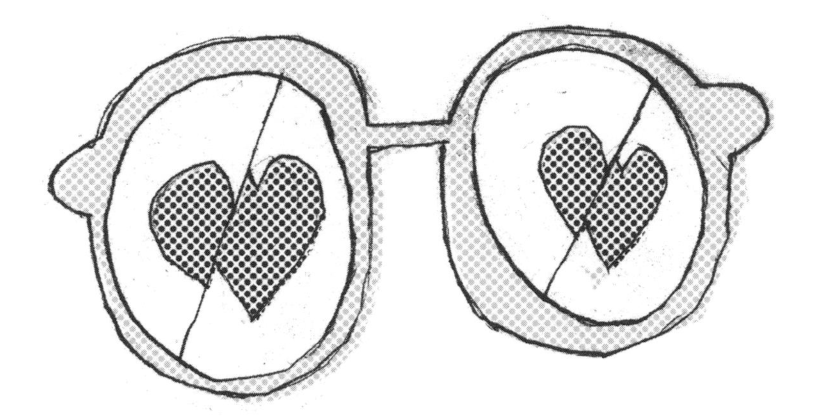

Cap. 13

Y resulta que un día mi tío Nino me dijo:

—¿Quieres saber por qué **inventé** la palabra pachunga?

Claro que quería saberlo. ¡Deseaba con todo mi corazón conocer por fin el origen de esa expresión que venía escuchando desde que puse un pie en esa casa a comienzos del verano! Lo único que mi tío me había contado hasta ese momento fue que la había inventado por culpa de un sueño que lo despertó en mitad de la noche y lo obligó a gritarla a todo pulmón.

—No, eso fue una mentirita —confesó cuando se lo recordé.

—¿Me mentiste?

—No. Bueno, digamos que... que acomodé las cosas a mi favor —murmuró mientras limpiaba con el borde de su camisa los cristales de sus anteojos amarillos—. O sea sí, te mentí. **¡Te mentí con todos los dientes!**

—¿Por qué?

—Porque es una historia que nunca le he contado a nadie.

Adonis maulló indiferente a nuestra plática. De un salto se subió al sofá y buscó refugio entre los cojines de terciopelo azul.

—Y si soy **totalmente honesto**, ésa no es la única mentira que te he dicho.

Yo abrí la boca, impresionada, sin saber bien qué responderle. Mi corazón tenía ganas de gritarle a la cara que no podía creer que mi tío favorito hubiera sido capaz de engañarme de esa manera, pero mi cerebro me aconsejó ser prudente y no hablar más de la cuenta hasta haber escuchado todo lo que él tenía que decirme.

—No es cierto cuando te dije que no tuve amigos.

—¡Yo sabía que esa tal Gloria, la cantante, era amiga tuya! Por algo escuchas su canción todas las noches.

—No, niña. Olvídate de Gloria Gaynor. Ella no es mi amiga —confirmó—. Además, no sé si quiero conocerla, porque si un día llego a tenerla frente a mí va a ser tanta mi impresión que me voy a caer desmayado al suelo. **Y eso no es digno**.

—¿Y entonces?

—Sí tuve un amigo, hace muchos, muchos años. Se llamaba **Chucho Pagán**, pero todos en el colegio le decíamos Chu.

—Qué nombre tan raro.

—¿Tú crees? A mí me parecía exótico. Chu... Chu... —repitió como si estuviera soplando las velas de un pastel de cumpleaños—. Con Chu nos hicimos inseparables desde el primer día.

—¿Y eso qué tiene que ver con pachunga?

—Todo, Eva. Tiene todo que ver.

Mi tío hizo una pausa. Se acercó a la enorme ventana de la sala, donde al otro lado de los vidrios comenzaba a hacerse de noche. Cerró las cortinas de un movimiento tan brusco que hizo que Adonis diera un salto al ver el inesperado baile de la tela. ¿Estaría tratando de que el vecino latoso no nos espiara desde su casa?

—Chu y yo fuimos **los mejores amigos** durante un tiempo. Jugábamos en los recreos y después de clases. A veces yo iba a su casa y él iba a la mía.

—Igual que Alicia Mandujano y yo.

—Por eso me dolió tanto...

—¿Qué te dolió tanto?

—Su traición.

Quise seguir preguntando, pero al ver la cara de mi tío supe que lo mejor que podía hacer era quedarme callada y dejar que él continuara. Además, ni siquiera estaba segura de que estu-

viera platicando conmigo. A veces parecía que hablaba sólo para **escucharse a sí mismo**, como si deseara contarse su propia historia de nuevo para así no olvidarse de ella.

—Un día llegué al colegio con unos lentes muy parecidos a éstos —retomó—. También eran grandes y amarillos. Cuando entré al salón de clases, todos comenzaron a burlarse de mí.

—¿También Chu?

—Él fue el primero.

—¿Y por qué no te quitaste los lentes para que no se rieran más de ti?

—¡Porque me gustaban mucho! Recuerdo que avancé hacia mi pupitre casi sin respirar, a ver si así me hacía **invisible** para mis compañeros y se acababan las carcajadas y los insultos. Pero no. No se acabaron. Y cada día se hicieron más. Chu Pagán ya no quiso volver a jugar conmigo en el recreo, ni tampoco volvió a ir a mi casa.

Y sin que pudiera evitarlo me acordé de Lalito Finol, sentado solo en una esquina del enorme patio de mi colegio, tratando de esconderse detrás de un libro de matemáticas que no necesitaba leer porque seguramente era más inteligente que el señor que lo había escrito.

¿Mi tío Nino se habrá visto igual de **asustado e indefenso** en el patio de su propia escuela?

¿Habrá llorado mucho cuando sus compañeros comenzaron a gritarle "mariposita"?

—Traté de enfrentar a Chu para preguntarle por qué había cambiado tanto conmigo, pero no quiso hablar. Sólo quería decirle que yo era **el mismo Nino de siempre** y que no tenía que pedirle disculpas a nadie por haber elegido unos anteojos tan únicos y distintos a todos los otros anteojos del mundo. Como dice mi canción favorita, ¿la recuerdas?

Antes de que yo tuviera tiempo de comprender a qué se refería, entonó algunos versos:

SOY LO QUE SOY,
NO TENGO QUE DAR
PRETEXTOS POR ESO.
A NADIE HAGO MAL
Y EL SOL SALE IGUAL
PARA MÍ Y PARA ELLOS.

En ese momento, todo empezó a cobrar sentido. Porque cuando tienes diez años y te explican las cosas con el corazón en las manos, entiendes más rápido de lo normal. Y yo, a lo largo de ese verano, había entendido muchas más cosas de las que había aprendido en todos los otros veranos anteriores de mi vida.

—Por más que traté de hablar con Chu, él no me permitió decirle ni pío. Me molesté, sí. Y mucho. ¡No podía entender que mi mejor amigo se hubiera convertido en mi **peor enemigo**!

—¿Y qué pasó?

—Pasó que seguimos discutiendo, nos gritamos... y él me empujó con todas sus fuerzas frente a todos nuestros compañeros. Antes de caer al suelo, mi cabeza se golpeó contra la pared. No recuerdo muy bien qué sucedió después, pero sé que desperté en la enfermería del colegio, con el uniforme lleno de sangre y una cicatriz aquí arriba —y señaló el punto más alto de su cráneo—. Por eso me peino así, con este copete, para esconder **la huella de esa herida** que me queda hasta el día de hoy.

—Pero todavía no entiendo qué tiene que ver Chu Pagán con pachunga.

—¿Todavía no lo ves? —dijo y esbozó una sonrisa llena de complicidad.

Mi tío Nino se quedó unos instantes con sus pupilas fijas en las mías. A través de ellas parecía decir sin voz algo así como "**Tú puedes**, Eva. Confío en ti. Piensa. Piensa".

Pachunga.

Chu Pagán.

Pachunga.

Pagán Chu.

Gan. Chu. Pa.

Pa. Gan. Chu.

—¡Pachunga! —exclamé con voz de ganadora de lotería—. ¡Ya entiendo!

—Estaba seguro de que ibas a ser capaz de descifrarlo —asintió con orgullo.

—Claro, formaste la palabra pachunga usando las letras del nombre de tu amigo.

—¡Examigo! —puntualizó—. Y sí, eso fue lo que hice.

—¿Y por qué?

—Porque de ese modo transformé algo que me provocaba dolor en otra cosa única y que además **me hace especial**. Cada vez que digo pachunga recuerdo todos los motivos que me llevaron a querer ser feliz. Y en eso consiste la belleza,

Eva. En buscar siempre que las cosas se vean distintas de lo que son. ¡Que nada parezca realmente lo que es, sino algo mucho mejor!

Se acercó a mí y puso su mano de uñas perfectas en uno de mis hombros.

—Y ahora piensa bien tu respuesta —pidió—. ¿Hay alguna palabra que te provoque dolor, o tristeza, con la que podamos jugar a hacer una **nueva belleza**?

—Sí —contesté—. Hay una palabra que me duele mucho.

—¿Cuál es?

Y se la dije.

Cap. 14

A partir de ese día, exclamé **"dirivoco"** cada vez que necesitaba volver a sonreír. Por si les interesa saber, "dirivoco" puede tener varios significados. Por ejemplo, si estoy tratando de enhebrar un hilo en el ojo de una aguja durante mucho rato y después de varios intentos lo consigo, digo un triunfal ¡dirivoco! de satisfacción. O si de pronto decido hacer un muñeco de nieve en la puerta de mi casa, con ojos de carbón negro y nariz de zanahoria, grito ¡dirivoco! justo después de ponerle un sombrerito que completa su vestuario. O cuando todas las mañanas termino de hacer mis ejercicios y me doy un duchazo con agua fría, grito ¡dirivoco! a todo pulmón para no congelarme en la regadera.

¿Ya descubrieron cuál fue la palabra que todavía me duele tanto? La que elegí para formar "dirivoco" usando todas sus letras y volviéndolas a acomodar en distinto orden. Vamos, ustedes pueden. Piensen. Piensen. Confío en su inteligencia. ¿Sí? ¿La adivinaron?

¡Bravo!

Cap. 15

Mi aventura por el cosmos está a punto de llegar a su fin. En apenas unas horas dirigiré mi nave espacial hacia la Tierra, aterrizaré en el mismo lugar donde llevo años aterrizando después de cada uno de mis recorridos interplanetarios y, como siempre lo hago, entregaré a mis jefes toda la información recopilada a lo largo de este viaje. Entonces, ellos me honrarán con una breve ceremonia, me colgarán al cuello una nueva medalla de oro por mi trabajo, y nos sacaremos muchas fotos que saldrán en los periódicos.

Nadie lo sabe, pero esta vez todo será distinto. ¿Y quieren que les cuente por qué? Porque esta vez será la última. Llegó la hora de dejar que astronautas más jóvenes que yo ocupen mi cohete y salgan a buscar sus propias **estrellas y universos**.

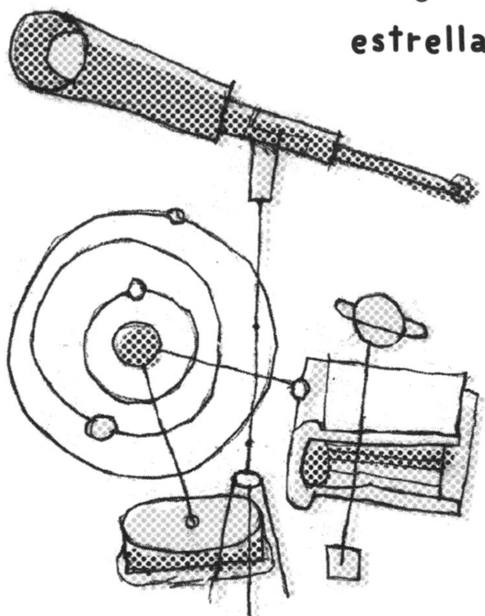

Nunca he sido buena para las despedidas. Por eso ahora ni siquiera me asomo por la ventana a mirar ese **océano**

negro que envuelve la nave, donde allá a lo lejos, en una esquina, brilla la Estrella Pachunga. Verla ahí, siempre tan tímida pero sonriente, me hace recordar la tarde en que el timbre de la puerta sonó sin aviso e interrumpió la plática con mi tío Nino.

Los dos nos levantamos a abrir. Atrás escuchábamos las cuatro patas de Adonis siguiéndonos de cerca para no perderse detalle. Resultó que era mi padre, que venía por mí.

—Se acabó el verano —dijo—. Haz tu maleta. Te espero en el coche.

Pude ver en sus ojos la expresión de desprecio con la que miró a mi tío, de pie junto a mí.

—Gracias por todo, tío Pachunguita —murmuró mi papá con ese tono de burla que siempre usaba al pronunciar la palabra.

Y se dio la media vuelta.

¿Entenderán alguna vez los adultos que sus hijos siempre se dan cuenta de todo?

Ese día descubrí que no soporto las despedidas. Por eso ni él ni yo dijimos nada cuando entramos a mi cuarto. Nadie habló mientras él me ayudaba a desarmar el clóset que con tanto esmero yo había aprendido a mantener en **perfecto orden** durante esos últimos tres meses. Y mudos como dos estatuas, cerramos la maleta y me acompañó de regreso a la puerta.

—Yo también me voy de viaje —me susurró al oído.

—¿A dónde? —pregunté, sorprendida.

Por toda respuesta, mi tío Nino me guiñó un ojo, tal como ahora lo hace la Estrella Pachunga que empieza a alejarse al otro lado de la escotilla, hasta hacerse un **pequeñísimo punto** que casi no se ve.

—Tienes que ser valiente, Eva —continuó—. Se necesita mucho coraje para convertirse en lo que realmente eres.

Y ésa fue la última vez que lo vi.

Un par de meses después, le pregunté a mi mamá por él durante una de mis visitas semanales a su casa, pero no supo responderme. Me comentó

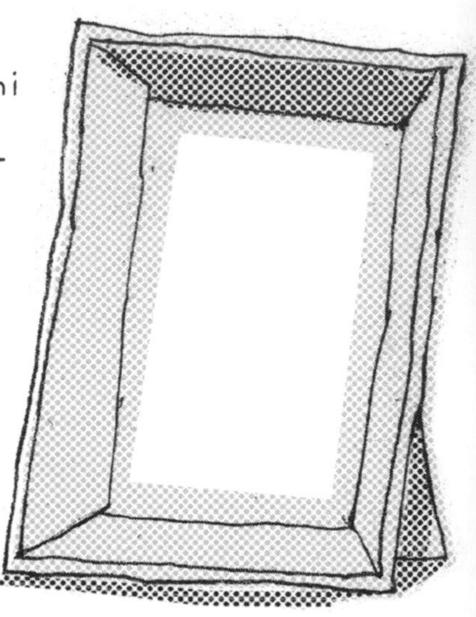

que lo único que sabía de mi tío Nino era que había decidido irse a otro país, uno que quedaba al otro lado del mundo, y sin fecha de regreso. A diferencia de lo que pensé que iba a ocurrir, **me puse feliz** por él. Pedí con todo mi corazón que hubiera alcanzado a llevarse a Adonis y su maletín metálico, para que así pudiera seguir maquillando hamburguesas, y que en ese nuevo país no se encontrara con vecinos que le gruñeran, ni parientes que lo despreciaran, ni amigos traicioneros que se burlaran de sus anteojos amarillos.

Enciendo los propulsores y me preparo para entrar a la estratósfera. La nave cruje cuando aumento la velocidad y la oriento hacia el pequeño planeta azul que diviso a lo lejos. Y como hago cada vez que pienso en mi tío Nino, empiezo a cantar fuerte para evitar que la tristeza de haberlo perdido le gane a la **alegría** de haberlo conocido. Y así regreso por última vez a mi hogar, envuelta en el humo de las turbinas y en los versos de nuestra canción favorita:

Soy lo que soy,
no tengo que dar
pretextos por eso.
A nadie hago mal
y el sol sale igual
para mí y para ellos.

FIN

Mi tío Pachunga de José Ignacio Valenzuela
se terminó de imprimir en octubre de 2018
en los talleres de
Litográfica Ingramex, S.A. de C.V.
Centeno 162-1, Col. Granjas Esmeralda,
C.P. 09810, Ciudad de México.